幸福な生活

百田尚樹
Naoki Hyakuta

祥伝社

幸福な生活

目次

カバー・オブジェ　北見　隆
装幀　bookwall

母の記憶

両側の木立から蟬《せみ》の声が喧《やかま》しく響いていた。

頂上に辿《たど》り着くまでは、つづら折りになったこの坂をあと三回曲がらなければならない。それにしても夕方近いのにこの暑さは何だ。細いアスファルトの道路からは湯気が漂《ただよ》うようだ。坂を登りながら何度も汗を拭《ふ》いた。

駅前でタクシーを待てばよかったかなと思った。いや、待っていても暑さは変わらない。それにタクシーはいつ来るかわからない。重苦しい気分で待つよりは、こうして汗をかきながらでも歩いている方がましだ。

最後の坂を曲がると、二階建ての白い建物が見えた。建物の前には広めのロータリーがあり、一見すると優雅な保養施設のようだ。知らない者はこの小山の上にこんなに大きな建物があるとは想像もつかないだろう。

受付で名前と日付を記入しながら、ここへ来るのはおよそ二カ月ぶりだということに気が付いた。

貰《もら》った入館カードを入口のセンサーにかざすと、ガラスの自動ドアが開いた。

短い廊下を抜けてロビーのような広場に足を踏み入れた途端、独特の臭いが鼻をついた。老人たちの臭いだが、なかなか慣れることはない。

広場には大勢の老人がいた。でも動いている者はほとんどいない。椅子《いす》に座っている者、ベッドに腰掛けている者、床に尻をつけて座っている者、中にはじっと立っている者もいる。立ち続けるのは疲れないのだろうかと思いながら、老人たちの間をすり抜けて歩いた。

ぼくに関心を払う者はほとんどいない。

奥の角のところの椅子に一人でぽつんと腰掛けている老女の姿があった。

部屋の老人たちを眺《なが》めている彼女の顔は寂しげだった。忙しさにかまけて二カ月も来られなかったことをちょっと悔《く》やんだ。

ぼくは近づくと、「母さん」と声をかけた。母が顔を上げる。その目が途端に嬉《うれ》しそうに細くなった。

「元気かい」

「ええ、お陰さまで」

母が軽く会釈《えしやく》する。

ぼくは横の椅子に座った。

「あら」と母が言った。「ネクタイがゆるんでいるよ」

母はわざわざ緩《ゆる》めていたぼくのネクタイを締め直した。

「お前は昔から、だらしがないからね」

母はおかしそうに笑った。もうすぐ五十歳になるという息子をいまだに子ども扱いする母に、ぼくは苦笑するしかなかった。

「仕事が忙しくて、なかなか来られなかった」

「いいのよ。仕事は大切だから」

母はそう言って、ぼくの手を軽く撫《な》でた。その腕は骨と皮だけで枯れ木のようだった。昔はたくましくて太かった。かつて級友から、「お前のお母ちゃん、男みたいだな」とからかわれた面影はどこにもなかった。

母は女手一つでぼくたち兄弟を育ててくれた。

父が家出したのは、ぼくが七歳の時だ。弟の茂《しげる》は五歳だった。あの時、母はいくつだったのだろう。今年七十を迎えるから、三十歳の時か。今から思えば、随分《ずいぶん》若い。母は再婚もせずに、子どもたちのために働いた。

「コウモリ」

と母は呟《つぶや》いた。

「え、何？」

「お前の持っていたコウモリだよ」

「ぼくが持っていた？」

「あれはびっくりしたよ。部屋の中をバタバタ羽ばたいて飛ぶんだからねえ」

母が言っているのは、昔、遊園地で買ったコウモリのオモチャのことだと気付くのに少し時間がかかった。でもそのオモチャは部屋を飛んだりはしない。紐《ひも》をつけて天井からぶら下げているだけで、羽だけがモーターで動くちゃちなものだった。

「部屋の中をコウモリが飛んでいたから怖かったよ」

ぼくは「ごめんね、母さん」と謝った。

「隣の藤原《ふじわら》さんに貸したお金は返してもらった？」

唐突に母が言った。

「お金って何のこと？」

「藤原さんに頼まれてお金を貸したじゃないか。たしか十万円だったよ。あの人、すぐに借りに来るけど、なかなか返さないんだから」

母の話は次々に飛ぶ。隣の家はたしか川村《かわむら》さんと田村《たむら》さんだ。両方とも「村」が付いていたから記憶に残っている。母の言っている藤原さんとは誰だろう。

「私ね、明《あきら》に謝らないといけないことがあるのよ」

母は急にもじもじしながら言った。

「何だい、母さん」

「怒らないかい？」

「別に怒らないよ」

「道子《みちこ》さんを殺したのは、私なのよ」

「道子を？」

母は深くうなずいた。道子はぼくの妻だ。

「いつか言わないといけないと思ってたんだよ」

母はそう言いながら、ぽろぽろと涙をこぼし始めた。ぼくは何とも言えない暗い気持ちで母を見つめた。

「味噌汁のことで喧嘩《けんか》したことがあっただろう。辛《から》いって道子さんが言った時。もう腹が立って、腹が立って――それで殺しちゃったのよ。ごめんね」

「もういいから」とぼくは言った。「そのことは、もういいよ」

「そんなこと言っても――」

「昔のことだから、もういいんだよ」

「そうかい」

「うん」

母は安心したように微笑《ほほえ》んだ。

「それなら、よかった」

ぼくは心の中でため息をついた。たしかに妻と母の仲はよくなかった。思ったことをすぐに口にする性格の道子は、勝気な母とは最初から合わなかった。結婚して少しの間は母と同居したが、すぐに別居した。面と向かって大喧嘩することはなかったが、相性の悪さは見ていてもわかった。

家に帰って、妻に「お前、昔、母さんに殺されたらしいよ」って言ってやったら、驚くだろうなと思った。

それにしても、母の心の底に「殺してやりたい」と思うほどの憎しみがあったとは知らなかった。味噌汁の話なんかまったく記憶にない。やはり、このことは道子には黙っておこう。

母が勝気な性格なのは、女手一つで頑張ってきたことで培《つちか》われた部分もあるだろう。

父が家を出てから、母はいろいろな仕事をした。近くのスーパーに勤めたり、新聞配達をしたり、最終的には保険の外交員になった。それでようやく経済的な余裕はできたが、それまでの数年間は本当に貧しかった。でも母は自分の贅沢《ぜいたく》は後回しにして、何よりも子どもたちのことを考える人だった。

父の思い出はあまりない。脳裏に残っているのは昼間から酒を飲んで怒鳴っている姿だ。働いていた記憶がほとんどない。根っからの怠《なま》け者で遊び人だったのだろう。

機嫌のよい時は調子のいいことを言って、ぼくたちを喜ばせる約束をよくしてくれた。でも一つも守ってくれたことはなかった。ランドセルも買ってもらえなかったし、後楽園《こうらくえん》球場にも連れて行ってもらえなかった。

父のした約束で一番心に残っているのは、庭の池作りだった。父が家を出た直接の原因が、この池をめぐってのことだったから、特によく覚えている。

茂と二人で祭りの夜店で掬《すく》ってきた金魚を飼うための池を作ってほしいと頼んだ時、たまたま機嫌のよかった父は、次の日曜日に池を掘ってやると、安請《やすう》け合いした。毎日、茂と楽しみに待っていたが、日曜日は父は朝から酒を飲んで、一日中テレビを見ていた。夜になってそのことで不平を言ったら、いきなり父に頭を叩《たた》かれた。

それを見て母が父に食ってかかった。そのあとのことは思い出したくもない。父は癇癪《かんしゃく》を起こして、大暴れした。食器が沢山《たくさん》割れ、窓ガラスも何枚も割れた。珍しく母が泣きながら抵抗したからだ。

父に殴《なぐ》られて母は鼻から血を流した。エプロンまで真っ赤に染めた母を見て、ぼくも茂も大泣きした。母はそれでも父に向かっていったが、最後はめちゃくちゃに殴られて、床に倒れた。

顔中を血だらけにした母は、「お前なんか、出て行けえ！」と泣き叫んだ。父はそんな母を足蹴《あしげ》にしながら、「こんなウチ、出て行ってやるわ」と吐き捨てた。

その夜、父は家を出て行き、二度と帰らなかった。

「堀内《ほりうち》さん」

と不意に母が言った。

「あの人、私にずっと惚《ほ》れてたんだって」

「堀内さんて、誰だっけ？」

「パン屋さんのご主人じゃない。お前、よく買いにいっただろう」

母は怒った顔で言った。パン屋のことは覚えているが、苗字《みようじ》までは覚えていない。たしかパン屋は駅前に大型スーパーができてしばらくして廃業した。

「堀内さん、私のこと、奥さんよりも好きだって」

母は遠くを見つめるような目をして言った。

「でも、ご近所で、あれするわけにもいかないしね」

母はそう言っておかしそうに笑った。母の口から「あれ」などという言葉が出てくるとは思わなかった。

「堀内さんはどうしてるのかねえ」

「さあねえ」適当に言った。「もう亡くなってるかもしれないね」

「亡くなったのかな」

こういう話は早急に切り上げたかった。

認知症が進んでから、母はよく喋《しゃべ》るようになった。ただし、話のほとんどがでたらめだった。

最初の頃はそれがわからず慌《あわ》てたものだ。ある時、母が突然、某電話会社の株を持っていると言い出した。母は何度も一万五千株を持っていると言った。買った日付まで言い、担当だった証券会社の男の容貌《ようぼう》まで言った。そこまで覚えているのに、肝心《かんじん》の証券会社を忘れてしまっていた。一万五千株と言えば、三千万円以上の価値がある。

ぼくと茂は必死で実家を家探しした。夏の盛りに蒸し風呂のような天井裏にまで入って探したが、結局、預り証は出てこなかった。

母はその後も家人を驚かすようなことを何度も言った。さすがにこれはおかしいと思って病院へ連れていくと、アルツハイマーと診断された。まだ六十代半ばなのに、かなり進行していた。

今日の母は機嫌がよかった。

母を見ながら、自分もいつか母のようになるのかなと思った。でもまだ先の話だ。その時は高校生の息子と娘も成人していることだろう。家のローンも終わっているはずだ。

景気はよくないが、市役所職員はリストラされることはない。目下のところの心配の種《たね》は来年の息子の大学受験くらいだ。地元の国立大学に入ってくれるといいのだが、東京の私大に行けば、妻にパートにでも行ってもらわないといけない。息子を東京に下宿させる余裕はないので、時間がかかっても通学させなくてはならない。

母は何やら小さな声で歌をうたっている。ぼくが子どもの頃に流行《はや》っていた歌謡曲だ。母の歌を聴きながら、人生の時間はあっという間だなと思った。

ふと実家のことを考えた。三年前に母がここに入所して以来、実家は空き家のままだ。戦後しばらく経《た》ってから建てられた家で、築五十年以上になる。母はもうあの家に戻ることはないだろう。そうなれば家も処分しなければならない。生まれた時から就職するまで住んでいた懐《なつ》かしい家だったが、住まない家を持っていてもしかたがない。

土地も家も、もともと母の両親のものだった。父は財産も甲斐性《かいしょう》もない男で、母の家に転がり込んできたのだ。だから父は母を追い出す代わりに自分が家を出たのだ。考えてみれば、父は最後だけは男らしくふるまった。

生まれ育った町は、子どもの頃は駅周辺以外は一面田圃《たんぼ》だったのに、その後、大きな宅地開発が何度もあり、広大な住宅地になっていた。今では田圃なんかどこにも見られない。駅の周囲も都市開発されて、景色が一変した。駅から少し離れた母の実家のある一郭《いっかく》だけが、まるでエアポケットか何かで時代の流れに取り残されたようになっていた。

土地は売れればいくらかになるだろう。地方都市で、三十坪もないから、たいした値段にはならないだろうが、それでも家計の助けにはなる。もっとも茂と分けなくてはならないが。

庭に池ができたのは、父が出て行った週だ。母が翌日から仕事を休んで、池を作ってくれたのだ。

母が父の代わりにやってくれた一番最初の仕事が「池作り」だった。庭に穴を掘り、それをコンクリートで固めて作った本格的なものだった。細長いひょうたん型の大きな池だった。たしか一週間くらいかかったような気がする。

ぼくも茂も大喜びだった。でも水を張って金魚を入れると、翌日、金魚は全部死んでいた。大人になってから知ったことだが、コンクリートのアク抜きをしないで水を張ったから、セメントのアルカリ成分が溶けだして、金魚が死んでしまったのだ。でも当時は母もぼくたちもそのことを知らず、何度も金魚を買ってきては池に入れ、そのたびに死なせてしまった。

金魚が死ななくなったのは、半年以上経ってコンクリートのアクが抜けたあとだ。

その頃には、もう父のいない生活に慣れていた。

母は生活のいたるところで懸命《けんめい》に父の代わりを務めてくれた。自転車の乗り方も教えてくれたし、公園で一緒にサッカーもしてくれた。できもしないのにキャッチボールの相手までしてくれた。

大人になってから、母の下手くそなキャッチボールを思い出すと、おかしいというよりも胸が詰まって目頭が熱くなってくる。

母はよく笑う明るい性格だった。父が家にいる時は、どちらかといえばあまり表情のない人だったが、母子家庭になってからは逆に朗《ほが》らかになった。子どもたちの前で明るくふるまおうとしているのだと思っていたが、そうではなく、それがもともとの母の性格だったようだ。認知症になってからは、一層明るくなった。それだけが救いだ。せめてこの病院で心穏《おだ》やかに過ごしてほしい。

ふと、父は今頃どうしているのだろうかと思った。おそらくもう亡くなっているだろう。免許証の更新の記録もないし、どこかで犯罪を犯した記録もない。ホームレスにでもなって野垂れ死んだか、あるいは酒がもとで喧嘩でもして命を落としたのかもしれなかった。

母と父は戸籍上は離婚が成立している。父が家を出てから三年経って、家庭裁判所に離婚を申し出て認められた。小学校三年生のある日、突然、苗字が変わったので、よく覚えている。

家には父の思い出の品は何もない。強《し》いて言えば、庭の池が父の思い出だ。

先日、久しぶりに実家に様子を見に行くと、池はすっかり水が涸れていた。驚いたのは、まるで底が抜けたようにコンクリートが割れて、大きな穴があき、そこから草がぼうぼうに生い茂っていたことだ。母が一所懸命に作った池だったが、所詮《しょせん》は女の仕事だったのだろう。

池の底に下り、割れたコンクリートのかけらを拾ってみた。ところが長年コンクリートだと思っていたのが、セメントに僅《わず》かばかりの砂が混ぜられただけのモルタルだった。両手に力を入れると、簡単に折れた。

足元のモルタルの割れた隙間《すきま》から何かが見えた。少し突き出た部分を引っ張ると、土の中から三十センチほどの泥だらけの塊《かたまり》が出てきた。泥を払うと、それはゴジラの人形だった。

――こんなところにあったのか、と思わず呟いた。

それは幼かったぼくの大のお気に入りの人形だった。茂にもめったに触らせないほど大切な宝物だった。ところが、ある日、突如《とつじょ》として姿を消したのだ。どこにいったのだろうと、何日も泣いた記憶があったが、まさか四十年も経ってからこんなところで再会するとは思わなかった。

多分、母が池を掘っている傍《そば》で、幼いぼくはゴジラの人形を片手に眺めていたのだろう。そして何かの拍子《ひょうし》に穴の中に落としてしまったか、穴の縁《ふち》に置き忘れてしまったかしたに違いない。シャベルでの穴掘りに夢中だった母は、ゴジラの人形を一緒に埋めてしまったのだろう。母の間抜けさに思わず笑いがこみ上げた。

プラスチックのゴジラはもうすっかり劣化していて、真黒になっていた。表面も完全にぼろぼろで、爪でこするとひび割れたところがかさぶたみたいに剝《は》がれた。その時、そのゴジラは父が買ってくれた数少ないオモチャだったことを思い出した。

誰かが「じゃあね、父さん」と言う声が聞こえた。振り返ると、面会に来た息子が父に別れを告げていた。

「母さん」とぼくは言った。

母はぼくの顔を見た。

「父さんのこと、覚えてる?」

「覚えてるよ」

「若い時はどんな人だったの?」

母は嬉しそうな顔をした。

「すごくかっこよくて、素敵だった。ハンサムだったのよ」

たしかに写真で見る若い時の父はなかなか男前だった。母はそこに惹《ひ》かれたのだろうか。

「ぼくの知ってる父さんは、素敵な人じゃなかった」

「そうだねえ。結婚してから、あの人はダメになっちゃったね」

「働かなかったしね」

「うん」

「酒癖も悪かった。すぐに暴力をふるった。家を出た夜も母さんを叩いた」

母は苦笑《にがわら》いを浮かべた。

「だから、殺したのよ」

「そうかあ。父さんは母さんに殺されたのか」

「うん。寝てる時にね、洗濯ロープで首を絞めて殺したのよ。こうやって、上に乗って、ぎゅーって」

　言いながら両手でロープを引っ張る仕草をした。

「抵抗しなかった？」

「うつぶせで寝てたからね。それにお酒を飲んでたし」

　母は嬉しそうに言った。

　時計を見ると五時だった。面会時間の終了だ。

「じゃあ、母さん、また来るよ」

「もう、行っちゃうのかい」

「うん、仕事があるからね」

「仕事は大事だよ」

　立ち上がったぼくを見上げながら、母はふと思い出したように言った。

「そうそう、明に謝らないといけないことがあるの」

「なんだい？」

「明が大事にしてた怪獣のオモチャがあっただろう」

「うん」

「あれ、父さんがずっと握ってたの——多分、苦し紛《まぎ》れに掴《つか》んだのね」

　母はそう言って申し訳なさそうな顔で肩をすくめた。

「仕方ないから、いっしょに埋めちゃったのよ」

夜の訪問者

マンションの扉を開けると、玄関に見慣れない赤い靴が揃《そろ》えてあるのに気付いた。時刻は八時を過ぎていた。こんな時間に来客は珍しい。

廊下を歩いてリビングに入ると、妻の雅代《まさよ》が髪の長い女性と話していた。

雅代が俺に気付き、「お帰りなさい」と声をかけた。背を向けていた女性が振り返ってお辞儀した。

「お邪魔しています」

反射的に「どうも」と言ったが、その顔を見て心臓が止まりそうになった。昨日、会っていた女だったからだ。

「この方、森田《もりた》さん。この前、話していた方よ」

雅代が俺に紹介した。

「初めまして、森田と申します」

「こちらこそ、初めまして」

俺は挨拶《あいさつ》すると、一旦リビングから出て、自分の部屋に入った。

一体どういうことだと、服を着替えながら考えた。混乱している頭を何とか冷静に保とうとした。まず、妻が「前に話していた」という話の記憶を必死で探った。そう言えば、最近スポーツクラブで友人ができたとか言っていた気がする。スポーツクラブだって？　――そんな偶然があるわけがない。

普段着に着替えた俺は、これからどうすべきかを考えた。このまま部屋から出ないのは不自然だ。かといってリビングに戻る勇気も出なかった。

タバコを切らしたから買いに行くと言って家を出るのはどうだろう。いや、それもなんだかとってつけたようだ。車のタイヤがパンクしていたから、直しに行くというのはどうだろう。それもこんな時間にはおかしすぎる。なにより、二人を残してマンションを出て行くのは逆に危険だし、怖い。

思い出せ、と自分に言った。妻の顔色はどうだったか。いつもと違っていたか――。大丈夫だ。妻の様子はいつもと同じだった。変わったところは何もない、少なくとも今のところは。何かが起こるとしたら、これからだ。こうなれば出たとこ勝負でいくしかない。第一、美佐子《みさこ》が何の目的で家にやってきたのかがわからない。

俺は腹をくくって、リビングに戻った。

妻の雅代がおかしくてたまらないという風に大きな声を上げて笑っていた。雅代はよく笑う女だ。テレビのお笑い番組を見ていても、腹を抱えて笑う。時には転げまわって笑う。三十歳にもなって、よく子供みたいに笑えるなと呆《あき》れることがある。しかしこの時はむしろその馬鹿笑いが救いだった。

俺がテーブルを挟んで向かい合っている二人の間のコーナーに座ると、森田美佐子が、

「ご主人、お疲れ様です」

と言った。

「どうも」

「こんなに遅くまで、お仕事、大変そうですね」

「たいしたことはないですよ。金曜日の夜としては早い方です」

「そうなんですか〜」

美佐子はわざとらしく言った。

「そんなことより皆で乾杯しましょう」

雅代がそう言いながら俺のグラスにビールを注《つ》いでいく。

「乾杯！」

俺は仕方なく、グラスを合わせた。左前に座る美佐子が俺の顔を見てにやりと笑った。

ビールを飲みながら、美佐子がなぜ家にやってきたのか？　と考えた。スポーツジムで妻と出会ったのが、たまたまであるはずがない。妻がそのジムにいることを知って、近付いてきたのだ。

一体これから何が起こるのか――想像もつかなかったが、いずれにしても今夜はとんでもない一夜になりそうだ。

「森田さん、手相を観《み》ることができるのよ」雅代が言った。「私、観てもらってたの」

俺は、ほうという気乗りのしない相槌《あいづち》を打った。

「あなたも観てもらったら」

「いいよ」

「そんなこと言わないで」

俺は苦笑しながら右手を美佐子の前に出した。美佐子はその手を握り、掌《てのひら》をじっと見つめた。美佐子が手相占いをやるなんて聞いたことがない。

「ご主人はおいくつですか？」

「三十四歳です」

「仕事運が素晴らしいですね」

雅代が嬉《うれ》しそうな顔で俺を覗《のぞ》き込む。

「真面目で努力家ですね」

「それも当たってるね」雅代がにこにこしながら何度もうなずいた。

「でも――」と美佐子はわざとらしく顔をしかめて言った。「一つ、欠点があります」

「まあ！」

雅代は目を見開き、驚いた顔をした。「何ですか？」

「ま、たいしたことではないです」

「教えてくださいよ」

「いや、言うほどのことじゃないですから」

「気になるじゃないですか。気を悪くしないから、言ってください。ねえ、健《けん》ちゃんもそう思うでしょう?」

俺は曖昧《あいまい》にうなずいた。

「じゃあ、言いますね。でも、気を悪くしないでくださいね。あくまで占いですから」

「はい」

「ご主人の欠点は――浮気性ということでしょうか」

雅代は、えーっと声を上げた。俺は、作り笑いをしながら、こいつは何を言い出すつもりなのかと思った。

「でも、ご主人を見てると、もてそうだし、仕方ないのかな」

「もてないですよ!」雅代がおかしそうに言った。「うちの健ちゃんがもてるわけないですよ」

それから一人でけらけら笑った。

「第一、健ちゃんの方に浮気心があっても、その女性に相手にされないわ」

「でも、男性って奥さんが思っている以上にもてたりするものですよ」

「あ、そういうことわざ聞いたことがあります。女房が思うほど何とかかんとかって言うことわざですね。そういうのあったよね、健ちゃん?」

「逆だよ」

俺はうんざりしながら言った。

「逆って?」

「それを言うなら、女房の妬《や》くほど亭主もてもせず、だよ」

「そっかあ」

雅代はまた大きな声で笑った。

「何かツマめるものを持ってくるわね」

雅代が席を立ってキッチンへ向かった途端、美佐子が体を伸ばしていきなり俺にキスしてきた。彼女の顔を押しのけようとしたが、美佐子は俺の頭を両手で掴《つか》み、逃げられなくした。本気で暴れれば逃れることができただろうが、そうすると大きな物音を立てることになる。

無言でもがいていると、美佐子は急に唇を離した。その時、キッチンから雅代がポテトチップスと新しいビールを持ってやってきた。俺は妻に気付かれないように唇についた美佐子の口紅を手で拭《ぬぐ》った。

「こんなものしかないけど」

雅代はテーブルの上の大きな皿にポテトチップスをよそった。

「いただきます」

美佐子は嬉しそうに手を伸ばした。

「ところで森田さんは——」と俺は言った。「今夜はどうしてうちに来られたのですか?」

「前から、一度雅代さんのおうちを訪ねたいと思っていたのですが、たまたま今日近くを通りかかって、ご挨拶したら、雅代さんが上がっていってとおっしゃってくれたものですから」

俺は、ああそうでしたかと答えながら、雅代のやつ余計なことを言いやがって、と思った。

森田美佐子は取引先のＯＬで、不倫の関係になって一年になる。年齢は妻の一つ下の二十九歳。もちろん最初から遊びのつもりだったし、美佐子も遊び慣れた女だった。美佐子は隠していたが、前に俺の同僚と不倫の関係にあったのを知っていた。それだけに「大人の関係」と互いに割り切ったつもりでいたのに、こんな風に突然の訪問は、ルール違反じゃないかと言いたくなった。美佐子とは昨夜もホテルで会ったばかりだ。

「こんなに遅い時間におうちに上がってしまってすいませんね。ご主人」

殊勝《しゅしょう》な表情で言う美佐子に、余計に腹が立った。

「いいのよ。うちはいつも遅いから。ねっ」

雅代がこちらを見て微笑《ほほえ》んだので、俺も笑い返そうとした。その時、股間《こかん》に何かが当たるのを感じた——美佐子が俺の股間を握ってきたのだ。

俺はテーブルの下に片手をおろし、美佐子の手を必死に払いのけようとした。しかし美佐子はしっかり握っていて、それを振りほどくのは難しかった。

「だって、お客さんが来るのは楽しいもの。ね、健ちゃん」

美佐子が手を離そうとしないので、その甲《こう》を思い切りつねった。すると美佐子は睾丸《こうがん》を力いっぱい握ってきた。俺は痛みのために思わず、うっと声を上げた。

「どうしたの？」

雅代が訊いた。

「何か、急にお腹が痛くなった」

「まあ、大丈夫ですか」

美佐子が指で股間を撫《な》でた。

「ああ、大丈夫。すきっ腹に冷たいビールを飲んだからかな」

美佐子の手は俺の股間を自由にまさぐった。握られた痛みで冷や汗が出てきた。下腹部が気持ち悪い。

何という女だ！　と心の中で呻《うめ》いた。このままだと更《さら》にエスカレートするに違いない。そのうちに妻の目の前であろうと何をやってくるかわかったもんじゃないぞ。その時はどうすればいいんだ。だいたいどうして俺がこんな目に遭わなくちゃいけないんだ。

「雅代さんはご主人と結婚されて、どれくらいですか？」

「五年です」

雅代の答えに俺は「七年だよ」と訂正した。

「あら、そんなになる？　時の経《た》つのは早いのね」

「七年間、夫婦の危機は何もなかったのですか」

「そんなものないわよ、ねえ」

俺はうなずいた。たしかに夫婦の危機は一度もない。しかし、それは雅代が俺の浮気を知らないからだ。浮気の回数は一度や二度ではない。行きずりに近いものまで含めると自分自身でさえ正確な回数はわからない。

雅代は可愛《かわい》いだけが取《と》り柄《え》の愚鈍《ぐどん》な女だった。俺が所属する課に入ってきた女子社員で一番出来の悪い社員だった。どういうわけか雅代は最初から俺を慕《した》ってきたが、当時、俺は同じ課の別の女性を狙《ねら》っていたので、雅代のことは相手にしなかった。雅代と親しくなったのは、俺が肺気腫《はいきしゅ》で入院したことがきっかけだった。雅代は毎日のように花やら手作りのクッキーなどを持って見舞いに来た。生まれて初めての入院で、気が弱くなっていたところに、彼女の献身的な優しさに触れて、つい気持ちがぐらついたのだろう。退院して数カ月後には婚約してしまっていた。

別に結婚を後悔しているわけではない。雅代の実家は金持ちだったし、その点はラッキーだった。都内にある今のマンションを購入する時も妻の実家から頭金を援助された。

雅代は金持ちの一人娘によくある我儘《わがまま》な性格ではなかった。むしろかいがいしく夫に尽《つ》くすところがあり、頭の中はいつも俺のことを考えているような女だった。俺が帰宅すると、その日にあったことを一つ一つ報告したが、それらの話はたいてい退屈なものだった。

二人の間には子供ができなかった。病院へ行こうという話は出ていたが、俺も雅代も切実に子供が欲しいとは思わなかったため、何となく日延べしているうちに七年が過ぎていた。

浮気をするようになったのは四年前からだ。妻に不満があったからではない。雅代のことはそれなりに愛していた。原因はただ、美佐子の言うように浮気性だった。これはもう単なる癖《くせ》としか言いようがない。雅代を悲しませたくなかったので、ばれないように慎重の上にも慎重を重ねてきた。携帯電話も新しい女ができるたびに、それ用に買い直し、会社のロッカーに入れてある。

そこまで努力をしてきたのに、今、突然の森田美佐子の訪問で、大きな危機を迎《むか》えていた。

腹立たしいことこの上ない。

「お子様はまだ作らないのですか?」

今度はまた何だ、と思った。しらじらしい顔をして無神経なことを訊く女だ。

「新婚当初は健ちゃんも頑張ってくれたんですけど――」

雅代は別段気を悪くする風でもなく、あっけらかんとした調子で言った。「最近は回数も減ってるから」

「外で使ってるんじゃないですか」

「あれって、使えば減るのかしら?」

「やっぱり総量というのがあるんじゃないの」

女たちの会話に、いい加減にしろ! と怒鳴りたくなった。

「あ、もうこんな時間!」

美佐子が不意に腕時計を見た。「すっかりお邪魔しちゃって。失礼しますね」

そう言うと、さっと立ち上がった。俺は少々あっけにとられたが、内心ほっとした。

「駅まで、健ちゃんに車で送ってもらったらいいわ」

「そんな、いいです」

「大丈夫です。そんな手間じゃないから。ね、健ちゃん」

俺は無言で立ち上がった。

「今夜はどうして家に来たんだ!」俺は車を出すなり怒鳴った。「どういうつもりなんだ!」

美佐子は肩をすくめた。

「一度、あなたの奥さんを見てみたかったの」

「そのためにスポーツクラブに入ったんだろう。家まで来る必要があるのか!」

「家での、あなたに対する様子を見たかったの」

信号が赤になった。俺はブレーキを踏み、美佐子を睨《にら》みつけた。

「殴《なぐ》ってもいいわよ」

美佐子は挑戦的に言ったが、俺はそうしたい気持ちを必死で抑《おさ》えた。そんなことをすれば、この女はどう出るかわからない。

「今後はやめてもらいたい」

「もうしないわ」

あっさりと言う美佐子に、俺はちょっと肩すかしをくったような気持ちになった。

「本当か——」

「青になったわよ」

俺は舌うちしながら車を出した。

しばらく走った時、美佐子がぽつりと言った。

「あなたの奥さん。すごくいい人だわ」

俺は、ふんと言った。

「あんないい奥さん持って、私と浮気するなんて――」

「まあ、気のいいだけが取り柄だよ。ちょっと馬鹿だからね」

「何を言ってるの」美佐子は呆れたような声で言った。「あなたの奥さん、私が浮気相手だということくらい知ってるわよ」

「まさか」

「多分、間違いないわ」

「根拠は何？」

「私の勘よ」

俺は鼻で笑った。

「俺の勘じゃ、妻は何も気付いていないね」

「奥さんは全部知ってるわよ。知ってる上で、あなたを大きな愛で包んでいるのよ。私にはあんな真似はできないわ。あなたを心から信頼してるのね」

「それは考えすぎだよ。そんなことより――」

路肩に車を停めて、美佐子にキスしようとした。

「よして」

美佐子は両手で俺を押し返した。彼女が本気で嫌がっているのがわかって、ちょっと鼻白《はなじろ》んだ気分になった。運転席に座り直すと、黙って車を発進させた。

駅まではお互い無言だった。

「じゃあね」
駅前のロータリーに着くと、美佐子はそれだけ言って車から降りた。

今夜は一体何だったのか。帰り道、車を運転しながら、そう考えた。一時はどうなることかと思ったが、過ぎてしまえばどうということはなかった。いずれこのことも笑い話の一つとして、誰かに話す時が来るかもしれない。美佐子とは多分、近いうちに別れるだろう。

家に帰ると、雅代は風呂に入っていた。浴室からはいつものように鼻歌が聞こえてきた。妻の風呂は長い。いつもゆっくりとバスタブに半身浴しながら歌を歌う。気楽なものだ。

しばらくテーブルの上に残ったビールを飲んでいたが、ふと車の中で美佐子が言った言葉を思い出した。雅代が夫の浮気を全部知っていて、それを知らないふりをしているなどということがあるだろうか。それはちょっと考えられない。でも女には同性にしかわからない「勘」のようなものが働くのもたしかだ。

浴室からは相変わらず雅代の歌が聞こえている。俺はこっそりと雅代の衣裳《いしょう》部屋に足を踏み入れた。その部屋には三面鏡とクロゼットがあり、他にも雅代の私物が多数あった。

雅代がいつも使っている収納ケースの引き出しを開けた。たしか随分《ずいぶん》昔、雅代が大学ノートのようなものに、「備忘録」のような形でその日の出来事を書いているのを見た記憶がある。

収納ケースの引き出しには、古い手紙や小物類が雑多に入っていた。上から順番に引き出しを開けていくと、四つ目の引き出しの奥に、一冊の大学ノートが見えた。中を開けると、それは雅代の日記だった。

ページをぱらぱらとめくった。そこには一日に起こった出来事が箇条《かじょう》書きのような形に書かれていた。「○月○日、健ちゃんと○○で食事。楽しかった！」というような記述ばかりだ。いたるところに俺への愛が綴《つづ》られている。そこには俺を疑うようなことは一言も書かれていなかった。俺は読むうちに、雅代に申し訳ない思いになってきた。

いたたまれなくなってノートをしまおうとした時、ふと違和感を覚えた。引き出しの下の板が少し不自然にずれていたからだ。触ってみると、板全体が動く。慎重に底板を持ちあげた。そこには空きスペースがあり、ファイルの束《たば》があった。

ファイルの中には、印刷された紙、ファックス用紙、写真などがあった。それを見るうちに指が震えてきた。それらはすべて俺の浮気の記録だったからだ。探偵社からの報告書はきわめて正確なもので、浮気相手の名前、住所、密会した日時も場所も細かく記されていた。会った場所、店、ホテルの名前も正確に書かれていた。一番古いファイルは四年前の最初の浮気だった。ファイルの中には俺自身が忘れているような女の名前まであった。

一番下のファイルは森田美佐子の詳細なレポートだった。最新のファックスには、昨日の美佐子との密会のことが記されていた。

浴室で雅代がバスルームの戸を開ける音がした。慌《あわ》ててファイルの束を引き出しの奥にしまったが、その時、一枚のメモがファイルからこぼれた。メモは二つ折りにされ、真ん中の一部がくっついていた。俺はそれを指で剝《は》がして開いた。そこには真っ赤な文字が書かれていた。

「見たな」

そっくりさん

「この前、池袋《いけぶくろ》のパルコで飯田《いいだ》さんとそっくりな人、見たわよ」

岡橋裕子《おかはしゆうこ》がふと思い出したように言った。

「思わず声掛けそうになったわ」

「それ、いつの話？」

飯田芳子《よしこ》は空になったコーヒーカップをいじりながら訊いた。

「先週よ」

「じゃあ、私じゃないわ。先週は池袋に行ってないから」

この日は、芳子が住む北千住《きたせんじゅ》の近所の仲良し主婦との週に一度のランチ会だった。メンバーは三人。日頃は家事や雑用に追われている自分たちへのささやかなご褒美《ほうび》だ。三人共、子供が同じ幼稚園に通っている。年齢も近いことから普段から何でも打ち明けることのできる気の合うグループだった。

「そんなに似ていたの？」

と中村京子《なかむらきようこ》が訊いた。

「もう少しで声を掛けるとこだったんだけど、よく見たら髪の毛が長かったの」

芳子の髪は肩にかからないショートヘアだった。

「声掛けないでよかったね」と京子。

「本当だわ。恥かくとこだった」

裕子が肩をすくめたが、そのすぐあとでちょっと首をかしげた。

「でも、そっくりだったのよ。やりすごしたあとも振り返って見たくらいだったんだから」

「もしかして本当は飯田さん本人だったんじゃない？」

京子が笑いながら言った。

「違うわよ。先週は北千住界隈《かいわい》から一歩も出てないわ」

「エクステ着けて、ヒール履《は》いて、アバンチュールを楽しんでいたんじゃない？」

「あるわけないじゃない」

芳子は一笑に付したが、その話で不意に思い出したことがあった。

「そう言えば」と芳子は言った。「前にも言われたことあるの。私とそっくりな人見たって」

「前ってどれくらい？」

「二十歳《はたち》の頃だから十年前かな。芳子ちゃん、いついつどこどこにいたでしょうって。当時は結構、何人かに言われた。中には実際にその人に声掛けた子もいたみたい」

「それって、すごいね」

「その頃はすごく気になっていたんだけど、卒業してからはそんなこと一度も言われたことがなくて、ずっと忘れてた」

「もしかしたら、私が先週、パルコで見た人は、その人だったのかもしれないね」

「まさか――」

「いや、あるかもしれないよ。向こうも何年も同じこと言われているかも」

「あなたと似た人を北千住で見たわよって？」

芳子はそのことを想像しておかしかった。

「相手もあなたに会いたがっているかも」

「そんなこと言われたら、会ってみたくなっちゃったわ」

「岡橋さん、写メール撮っておけばよかったのよ」

「おかしな人と思われちゃうわ」

裕子の言葉に、芳子も京子も笑った。

「でも、世の中には、自分とそっくりな顔をした人間が三人いるって言うわよね」

京子が言った。

「それ、よく聞くね。本当かしら？」と裕子。

「一億二千万人もいるんだから、そっくりな人が三人くらいいても不思議じゃないわね」

「自分と同じ顔をした人がいるなら会ってみたいわね」

芳子は、二人の会話を聞きながら、岡橋裕子が池袋のパルコで見た女性は、もしかしたら学生時代に友人がよく自分と間違えたという女性かもしれないという気がした。でも、そっくりな人が三人いるというなら、もう一人の別人かもしれない。

その夜、娘の桃子《ももこ》が寝たあとで、芳子は夫の昭雄《あきお》に昼間の話をした。

昭雄は遅い夕食を食べながら、さして興味がなさそうに聞いていた。

「すごいと思わない？　私とそっくりな人が池袋にいるのよ」

「池袋にいるとは限らないだろう。たまたま買い物に来たんじゃないの」

「でも、不思議じゃない？」

「そうかなあ」昭雄は首をひねった。「よくある顔なんじゃないの」

「平凡な顔って言いたいの？」

「そういうわけじゃないけど、すごい美人とかすごいブスは、そうそうそっくりさんはいないんじゃないかな。テレビのそっくりショーでも、美人女優のそっくりさんて滅多にいないぞ」

言われてみれば、そうかもしれない。芳子は自分でも平凡な顔立ちと思っていた。たしかに「よくある顔」には違いない。

「それに、女はメイクで変わるしな。化粧すると、まるっきり変わるじゃない？」

「それはそうだけど――」

「実際に会って、並んで見たら、きっと全然違う顔だよ」

芳子は何となく納得させられた。でも、心の奥では、面白くない気持ちだった。

昭雄にはロマンがない。世の中に自分と同じ顔を持った女性がいて、その人にも友人や夫がいて、この東京で暮らしているということは考えようによっては、とても素敵なことのように思えるのに、なぜこのことに興味もロマンも感じないのだろうか。

「そろそろ仕事に行くよ」

昭雄は残った茶を一息に飲むと、椅子《いす》から立ち上がった。

「こんな時間から大変ね。今夜は徹夜?」

「多分ね。昼前には終わってほしいけどな」

「御苦労さま」

「じゃあ、行ってくる」

昭雄はそう言ってマンションを出た。

五歳年上の昭雄はフリーの編集マンだ。テレビの制作プロダクションのディレクターが撮影してきたビデオを編集する仕事だ。一旦、編集作業に入ると、編集ルームに何時間も籠《こも》りっぱなしになる。時には三十時間ぶっ通しで編集ということもある。そんな仕事だから家に帰らないことも多く、徹夜はしょっちゅうだった。

テレビ番組スタッフの収録直前は戦争状態らしい。昭雄に言わせれば、「俺みたいな腕のいい編集マンは、引っ張りだこ」ということだ。実際、二、三日、家に帰ってこないことは月に何度もあった。長い時は数日から一週間も家を空けた。七年前に結婚した頃は、そのことに随分不満を覚えたが、四年前に長女の桃子が生まれてからは、逆に昭雄が家にいない時の方が気が楽だ。「亭主、元気で留守がいい」というのは本当だと思った。

不満と言えば、そこまで忙しく働いているのに稼《かせ》ぎがそれほどでもないということだ。いろんな番組スタッフからそれほど重宝《ちょうほう》されている編集マンなら、もう少しギャラを貰《もら》ってもいいと思うのだ。でも、決して少ないわけではない。近所の主婦たちの夫よりも稼ぎはよかった。夫の勤務スタイルの話をすると、口さがない友人たちは、「外に女がいるんじゃないの？」とからかった。芳子は笑ったが、実は心配しているのは、女のことではなかった。

芳子の見るところ、おそらく夫はバイセクシャルだ。その疑念を抱いたきっかけは寝言だった。結婚して三年ほど経《た》った頃、夫は寝言で男の名前を何度か言うようになった。名前はいつも「ひろし」だった。

気になった芳子が、ある日、昭雄にそのことを言うと、彼はその名前には全然覚えがないと言った。

「仕事仲間にも、ひろしなんて名前の奴はいないしな」

そう言って昭雄は首をかしげた。

「何か、潜在意識の中にあるんじゃない？　ひろしという人物に嫌なことをされて、記憶の中に封印されているみたいな」

「なるほど。で、夢の中で復讐《ふくしゅう》でもしてるのかな」

昭雄はそう言って笑った。芳子は黙っていたが、昭雄の寝言は怒ったような口調ではなかった。その反対でどこか甘えたような言い方だった。

その数日後、芳子は昭雄の部屋を掃除している時、机の上に若い男が表紙に写っている見慣れない雑誌を見つけた。何気なくページをめくると、男たちのヌード写真が沢山《たくさん》出てきた。雑誌はいわゆる「ホモ雑誌」と言われるものだった。芳子にとって、裸の男同士が抱き合うシーンなど、初めて目にするものだったから、かなり驚かされた。

その晩、芳子は食事の時に何でもない風を装って、昭雄の部屋で変わった雑誌を見つけたという話をした。

昭雄は、まいったなあという感じで頭をかいた。

「ホモを扱ったビデオの編集してて、たまたまディレクターが持ってた雑誌を持ち帰ったんだ。興味本位で中を見たら、びっくりしたよ」

昭雄は苦笑しながら言ったが、その言い方はどこかわざとらしい感じがした。

芳子はそれ以上その話題に触れなかったが、おそらく夫は同性愛者だと思った。いや、ちゃんと子供がいるからバイセクシャルなのだろう。ただ、昭雄は結婚当初からセックスには淡泊だった。だからもしかすると本当は女よりも男の方が好きなのかもしれない。

それはショックなことでもあったが、女と浮気するよりもいいかもしれないと芳子は気持ちを切り替えた。女との浮気は気持ちが離れていく感じがするけど、男との関係はまだ許せるような気がした。性癖というものは一種の病気のようなものだろうと考えたのだ。むしろ、そういう性癖を持ちながら、きちんと夫婦生活をしてくれる夫の誠実さに目を向けようと思った。

ホモというものについてネットで調べてみた。セックスの時は、男役と女役にわかれているということも知った。夫ははたして男役なのか女役なのか、どちらなのだろう。

夫は男くさい男だ。無精《ぶしょう》ヒゲを生やしていることも多いし、なよなよしたところはない。体も大きいし筋肉質だから、多分、男役だろうと思った。いや、意外にそういう男が女役になるような気もした。夫がベッドの上で「いやん」とか嬌声《きょうせい》を上げているのを想像すると、気持ちが悪いというよりも、おかしくなって笑えてきた。

芳子はまあいいやと思うようにした。ゲイバーに行こうが、職場のホモとたまに楽しもうが、それくらいは大目に見てあげよう。毎日、一所懸命に働いているのだ。性癖くらいは我慢しよう。ただ、それ以来、夜の営《いとな》みを心から楽しめなくなったのはたしかだ。

昭雄は誠実な夫だった。子供にも芳子にも優しかった。知り合いの中には、夫の浮気で泣かされている女が少なくない。夫の気持ちもすっかり離れてしまい、完全に冷え切った夫婦生活をしているという友人もいる。もちろん離婚にいたった友人もいる。そんなのに比べたら、ホモの趣味くらい何でもないわ、と芳子は思った。それに昭雄はそうした趣味を家には持ちこまなかった。ホモ雑誌もそれ以来家では一度も見なかった。

翌朝、芳子が桃子の朝食をこしらえている時に昭雄が帰ってきた。

「よかった、間に合った」

昭雄は娘の桃子の顔を見ると、満面の笑顔を浮かべた。その顔にはうっすらと無精ヒゲが浮いていた。編集帰りの朝はいつもこうだ。

子煩悩《こぼんのう》の昭雄は仕事が明け方に終わると、朝の桃子に会うためだけに、編集ルームで仮眠も取らずに帰ってくることがよくあった。娘の顔を見る時の昭雄の嬉《うれ》しそうな表情を見ていると、芳子も幸せな気持ちになってくる。

「お父ちゃん、お帰り！」

桃子も嬉しそうに声を上げて、父に飛びついた。しかしすぐに、顔を横に向けて、「タバコくさーい！」と言った。

昭雄自身はタバコを吸わないが、編集ルームに籠るディレクターたちはヘビースモーカーが多いらしく、編集ルームから直接帰ってくる昭雄の体からはいつもタバコの臭いがした。

昭雄はシャツを脱ぎ、濡れタオルで顔をごしごしすると、桃子を抱きしめた。桃子はくすぐったがって笑った。

桃子は大好きな父との束の間《つかのま》のスキンシップを終えると、「お父ちゃん、行ってきまーす」と、元気に幼稚園に出かけていった。

昭雄は芳子が用意したサラダとトーストを食べると、居間のソファーに横になった。

「寝るんなら、ベッドで寝たら」

「いいの、ここで」

ソファーで寝るのは昭雄の癖だ。時には一晩中ソファーで眠ることもある。おそらくは一種の職業病だと芳子は思っていた。

「今日はもう仕事はないんでしょう？」

「うん」と昭雄は答えた。「けど、明日から、また編集だ」

「明日からまた泊りなの？」

返事はなかった。見ると、昭雄はもう軽く寝息を立てていた。

いくら初夏でもこのまま寝たのでは風邪をひく。芳子はソファーで眠る夫の体に薄い毛布をかけた。


「今日からまた地獄の編集だよ」

翌日、昼前に起きてきた昭雄は、大きなあくびをしながら言った。

「収録が近いのね」

「ああ、ディレクター連中がいつものようにぎりぎりにロケをするもんだから、編集が五本くらい続くんだ。うんざりだよ」

「大変ね」

「ああ、別の仕事に転職しようかな」

「あなたがそうしたいと思ったら、そうしてもいいわよ」

昭雄は苦笑した。

「そういうわけにもいかないしな」

芳子は昭雄の頭を撫《な》でながら、「私と桃子のために頑張ってくれてありがとう」と言った。

昭雄は黙ってその手を握った。芳子は夫の愛情を深く感じた。昭雄がホモでも全然かまわない。

昭雄は、「じゃあ行ってくるよ」と椅子から立ち上がった。

「今回も何日か泊りになりそう？」

「ああ、数日は帰ってこられないかな」

「無理しないでね」

芳子は昭雄にキスした。

「今日も友だちとランチ？」と昭雄が訊いた。

「学生時代の友だちの家に呼ばれてるの。お昼を食べて、夕方に幼稚園に桃子を迎えに行く」

「じゃあ、行ってくるわ」

「長のお別れね」

「無事に帰還できるように祈っててくれ」

昭雄を送り出してから、芳子は大慌《おおあわ》てで洗濯や雑用をこなして家を出た。

友人の家は江古田《えこだ》というところにあった。先月、マンションを買ったから遊びに来て、と言われていたのだ。

江古田には池袋から西武《せいぶ》池袋線に乗った。東京生まれの芳子だったが、西武池袋線に乗るのは生まれて初めてだった。もちろん江古田も初めて行く町だ。

ほんの少し開けた窓から入ってくる風が心地よい。窓からの景色をぼんやりと眺《なが》めながら、同じ東京に住みながら一度も行ったことがない町って沢山あるのだなと思った。北海道にも沖縄にも行ったことがあるのに、同じ東京でも行ったことのない町がいくらでもあるなんて。

それにしても東京は広い。この街だけで一千万人が住んでいる。想像もできない数だ。一生のうちで出会える人間はその〇・〇一パーセントもいない。

ふと、前に近所の主婦たちと交わした会話を思い出した。これだけ大勢の人が住んでるなら、自分と同じ顔をした人がいたって全然不思議じゃない。でも、まず出会うことはない――。

芳子の乗った電車は各駅停車で、途中の東長崎《ひがしながさき》駅で急行をやり過ごすためにしばらく停車した。芳子は開いた窓から、線路を挟んだ反対側のホームをぼんやり眺めていた。

ほとんど人がいないホームに一人の男が立っていた。あれっと芳子は思った――男の後ろ姿に見覚えがある。ちょっと猫背で首を突き出したような恰好《かっこう》が昭雄にそっくりだ。ふとした拍子に男が正面を向いた時、芳子は思わず声を上げそうになった。まるで瓜二つ《うりふた》だったからだ。でも昭雄のはずはない。夫は今、渋谷《しぶや》にあるプロダクションでビデオの編集の真っ最中だ。よく見ると服が違った。あんな赤の派手なカーディガンなんか夫は持ってない。たしか朝、家を出る時は紺のブレザーだった。

それにしてもびっくりだわ、と芳子は思った。まさか、こんなところで夫にそっくりな人間に出会うとは――。昭雄に言ってやったら何て言うだろう。ここから携帯電話で写真が撮れたらいいのだけど、さすがにそんな真似はできない。

その時、男がホームの階段に向かって大きく手を振った。男が手を振った方向に目をやると、階段から小さな子供を連れた女が降りてくるのが見えた。

幼い男の子は男を見つけると、「お父ちゃん」と言って走り寄った。男の子に手を差し出した男の袖口から覗《のぞ》いた右手の甲を見て、芳子は心臓が止まりそうになった。そこには昭雄と同じ大きな黒い痣《あざ》があったからだ。

啞然《あぜん》とする芳子の耳に、男が子供に向かって言う声が聞こえた。

「ひろしー」

おとなしい妻

帰宅すると、妻の早苗《さなえ》の瞼《まぶた》が少し腫《は》れているのに気が付いた。目にはうっすらと涙の痕《あと》がある。

「どうしたんだ？」

早苗は俯《うつむ》いたままだった。

「何か辛《つら》いことがあったのか」

しかし早苗は、何でもない、と答えた。

服を着替えてダイニングテーブルについてから、もう一度訊《たず》ねると、早苗は蚊《か》の鳴くような声で、新聞、と呟《つぶや》いた。

「新聞がどうした？」

早苗はぽつりぽつりと話し出した。どうやら訪問してきた新聞の販売拡張員の勧誘を断れなくて、一年契約してしまったらしい。なんだ、そんなことかと思った。既に別の新聞を購読しているが、仕方がない。早苗はものすごく気の弱い女だ。強引な勧誘員を拒絶することができなかったのだろう。早苗は話し終えると、ごめんなさい、と消え入るような声で言った。

「いいよ。新聞を読み比べてみるのも面白い」

早苗は初めて少しほっとした表情を浮かべた。

「それよりお腹が減ったよ。ご飯にしてもらえるかな」

早苗は嬉《うれ》しそうに立ち上がると、用意していた料理を食卓に並べ始めた。私はかいがいしく動く妻の様子を見ながら幸せな気分に浸《ひた》った。新聞くらいはどうでもいい。

早苗と見合い結婚して三カ月になる。彼女は家庭的な女性で、家事は厭《いと》わず、料理の腕もよかった。容姿は人並みだったが、童顔で笑うと愛嬌《あいきょう》があり、私はそんな妻を愛していた。

早苗は男性に対しても奥手で、二十六歳になるまで男性と付き合ったことがなかった。私も似たようなもので、三十七年の人生で女性と付き合ったのは二度だけだ。それも二度とも「あなたといると退屈」という理由でふられている。もしかしたら結婚は無理かもしれないと諦《あきら》めかけていた時、田舎《いなか》に住む叔母から早苗を紹介されたのだ。

早苗は地元の短大を卒業して二年ほど役所に勤めていたが、その後はずっと実家で家事手伝いをしていた。結婚してから本人に訊ねると、役所を辞めたのは人間関係に疲れたからと答えた。その後の生活を、本人は一度珍しく冗談めかして「引き籠《こも》っていたのよ」と言っていたことがあるが、もしかしたら本当かもしれない。というのも、早苗は極端な人見知りだったからだ。それに精神的にも脆《もろ》いところがあった。特にこれといった原因もなく、くよくよしたり、一人でマンションにいると泣いたりすることが何度かあった。おそらく幼少時のトラウマが原因だ。小さい頃に父親から虐待を受けたことがあると、早苗の母から聞いたことがある。父親は早苗が小学生の頃に亡くなっていたが、かなり暴力的な男だったようだ。

私は早苗との結婚を機にそれまで住んでいた都心のワンルームマンションを引き払い、郊外の中古マンションを買った。早苗は地元を離れて暮らすのもマンションで生活するのも初めてだった。人見知りのため、マンションに親しい友人は一人もできなかった。

だから早苗はほとんどマンションの一室から出なかった。帰宅して、今日は何していた？と訊いても、家事以外ではテレビを見るか本を読むくらいしかしていないようだった。

人前で自己主張ができない早苗は、引っ越し早々、マンションの自治会の役員にさせられてしまった。私が留守の時に近所の主婦たちに言いくるめられ、断り切れなかったのだ。帰宅してそのことを知った私は、翌日、すぐに自治会長に会い、早苗の役員を取り消してもらった。会長は意地の悪そうな中年女性で、さんざんに嫌味を言われた。

早苗の気の弱さが原因で困ったことは他にもある。これも私の留守中に、ＮＨＫの受信料の支払い契約をしてしまったことだ。私自身はいろいろと理屈をつけて十年以上不払いを続けてきただけに随分《ずいぶん》がっかりしたが、すぐに気持ちを切り替えた。素敵な妻を手に入れることの代償と思えば、受信料などたいした額ではない。一生ＮＨＫの受信料を払わずにいけたとしても、早苗と暮らせない人生とは比べものにならない。


早苗は新聞の件以来、一層暗くなった。夜、二人でいても、不意に黙りこみ、険《けわ》しい顔をすることが多くなった。そんな時、私が声を掛けると、早苗はにっこりと笑ったが、それは無理に作ったような笑顔だった。

その週の日曜日、早苗を買い物に誘った。彼女は気乗りしない様子だったが、私が「たまには外に出て気分転換しよう」と勧《すす》めると、おとなしくついてきた。

一階のエントランスで主婦グループとすれ違った。それまで賑《にぎ》やかに喋《しゃべ》っていた彼女たちは、私たちを見ると話をやめ、一斉に私たちの方に視線を向けてきた。それは何かけがらわしいものでも見るような目付きだった。主婦たちの幼稚な排他主義に虫唾《むしず》が走る。私は傲然《ごうぜん》と彼女たちを睨《にら》み返した。主婦たちは慌《あわ》てて目を逸《そ》らした。

早苗が除《の》け者にされるのは、早苗の性格が誤解されているからに違いない。早苗はエレベーターで隣人に会っても下を向いたまま挨拶《あいさつ》しない。それが主婦たちに「お高くとまっている」「生意気だ」と思われているのだろう。マンション内を牛耳《ぎゅうじ》っている自治会長の女性を私が怒らせたのも一因かもしれない。

マンションを出たところで、数人の小学校低学年の一団と出会った。その時、子供たちは早苗の姿を見て、「うわー!」と声を上げてクモの子を散らすように逃げて行った。可愛《かわい》げのない子供たちに対してカッとなったが、それ以上に子供の母親たちに対して激しい憤《いきどお》りを覚えた。いくら早苗のことが嫌いでも、子供にまで悪口を言うことはないではないかと思ったのだ。早苗はその様子をぽかんと眺めていたが、むしろそれが救いだった。

その日は一日、買い物したり映画に行ったりして、帰る頃には早苗も朝とは比べものにならないほど明るくなっていた。私は少しほっとした。これからは休日にはできるだけ一緒に外に出て、早苗を町に馴染《なじ》ませようと思った。

思わぬトラブルが舞い込んだのは、その翌日だった。

夜、帰宅して、ダイニングで夕食を摂《と》っていると、突然、玄関のチャイムが鳴った。時計を見ると八時を過ぎている。私がインターホンの受話器を取り、「どなたですか」と尋ねると、訪問者は斎藤《さいとう》と名乗り、「車のことで話がある」と言った。

「奥さんに壊された車のドアミラーを弁償していただきたいのですが――」

私は思わず早苗を振り返った。早苗は不安そうな顔で私を見つめていた。

私は受話器を押さえて、今聞いたことを早苗に伝えた。早苗は力強く首を横に振った。

私は斎藤に、「何かの間違いじゃないですか」と声を大きくした。受話器の向こうで舌打ちする音が聞こえた。私はたちの悪い輩《やから》だなと確信した。

「今日、あんたの奥さんが、俺の車のドアミラーを壊したんだよ」

「どういう証拠があって、そういうことを言うのですか」

「証拠？　――俺が実際に見たんだから」

「見たって、どこで？」

「駅前のロータリーだよ」

私は再び受話器を押さえ、早苗に小声で、「駅前のロータリーだって」と言った。早苗は泣きそうな顔で、「私はずっと家にいました」と答えた。

私はほっとして、斎藤に言った。

「家内は今日、駅前には行ってない。誰かと見間違えたんでしょう」

「見間違いのはずがない！」斎藤は気色《けしき》ばんだ。「俺がこの家まで追いかけてきたんだ。奥さんを出せよ」

「追いかけてきた？」

「そうだよ。ドアミラーを壊したから、おいこらって怒鳴ったんだ。そしたら、へらへら笑いながら走って逃げだしたんで、必死で追いかけてここまで来たんだ」

「待ってくれ。妻はずっと家で晩ご飯を作っていたんだ」

「ミラーを壊したのは夕方だよ。チャイムを何回鳴らしてもドアを叩いても出てこないから、こうやってまた出直してきたんだ。奥さん、そこにいるんだろう」

「ちょっと待ってくれ」

私は混乱した。本当に言いがかりなのだろうか。男の話には妙にリアリティーがある。もしかしたら、早苗は誤ってドアミラーにぶつかって壊してしまったということはないのだろうか。それで動顚《どうてん》して逃げてしまったということは——。

私は男と直《じか》に話そうと決め、玄関まで行き、チェーンをつけたままドアを少し開けた。

斎藤は三十歳くらいの痩《や》せた男だった。イメージと違い、背広を着た勤め人ふうだった。

「家内は何も知らないと言っている」

「じゃあ、奥さんをここに連れてこいよ。奥さん、いるんだろう」

「ドアミラーを割った時の、家内の服を覚えているか？」

「服？」斎藤は少し考える素振《そぶ》りを見せた。「たしかジーパンに黒っぽいシャツだった」

たしかに早苗が普段よく着ている服装だ。目の前の男が嘘《うそ》をついているふうには見えなかった。やはり、うっかりドアミラーを割ってしまったということではないだろうか。持っていたバッグか何かがミラーに当たったりして――。

「ミラー、どうしてくれるんだよ」

「ドアミラーはいくらなんです？」

「三、四万はかかるんじゃないか」

私は財布から一万円札を五枚出して、斎藤に渡した。

「これだけあったら足りるでしょう」

「ああ――まあ」

斎藤はちょっと拍子《ひょうし》抜《ぬ》けしたみたいな表情でうなずいたが、金をポケットにおさめた。

私は、「じゃあ、これで」と言ってドアを閉めた。

居間に戻ると、早苗が怖い顔で壁を睨んでいた。今まで見たこともないような険《けわ》しい表情に、一瞬たじろいだ。

「もう大丈夫だよ」

そう声を掛けると、早苗ははっと我に返ったように表情を和《やわ》らげた。

「私、本当に何もしてないんです」

早苗は泣きそうな顔をしながら言った。私は「わかってるよ」と応じながら、妻の頭を優しく撫《な》でた。五万円は痛かったが、早苗に嫌な思いをさせなくてよかったと思った。

妻はにっこりと笑った。いつもの無邪気な笑顔を見て、ふと、「笑いながら逃げた」という男の言葉が甦《よみがえ》り、なぜか妙に心に残った。


三日後の夕方、会社で仕事をしていると、早苗の携帯電話から電話が入った。彼女は泣きながら、助けてほしいと言った。理由を訊いても、嗚咽《おえつ》を漏《も》らすばかりで要領を得なかった。すぐに電話の相手が男に代わった。

「増田《ますだ》早苗さんのご主人ですか？」

「あなたは誰ですか。どういうことですか？」

私は周囲のデスクを気にしながら小声で訊いた。男はパチンコ店の店長だと名乗った。店の名前は記憶にあった。たしか駅前にある店だ。パチンコに興味のない私は入ったことはないが、いつもその前を通っている。笠井《かさい》という名の店長は、早苗が店員を殴《なぐ》ったので、警察に電話する前にご主人に一度連絡を取ったのだと言った。

「うちとしてもお客さんとのトラブルを警察沙汰《ざた》なんかにはしたくないのですが、奥さんがまったく謝らないのでね」

「妻が殴ったなんて――。何かの間違いでしょう」

「お宅、私が嘘をついていると言うんですか」

笠井は不機嫌な声で言い放った。「何なら、このまま警察に行ってもいいんですよ」

「家内に代わってくれ」

すぐに早苗が出た。

「どういうことだ、早苗。君、人を殴ったの？」

「わからないの」

「わからないって？」

「よく覚えていないの。でも、叩いたりしてないと思う」

そう言って早苗はまた泣き出した。

私は妻に「すぐに行くから、心配しないで」と言うと、部長に妻が事故に遭ったと告げて早退させてもらった。

電車に乗っている間も、私は動揺を抑《おさ》えることができなかった。

——いったい妻に何が起こったのだ。あの早苗が人を殴ったりするはずがない。何かの間違いだ。あるいは誰かに嵌《は》められたのか？

警察に電話しようかとも思ったが、それはしない方がいいような気がした。その代わりに妻の携帯電話に電話した。早苗はすぐに出た。彼女はさっきよりも落ち着いていた。大丈夫かと訊くと、うんと答えた。しかし、何があったのかという質問に対する早苗の答えは、相変わらず要領を得なかった。通話の途中で電波が不調になって電話が切れた。

駅を降りて、パチンコ店に駆け込んだ。店員に、店長に会いたいと告げると、奥の事務所に案内された。

事務所に入ると、事務椅子《いす》に腰かけた三人の男とソファーに座っている早苗がいた。事務所には大きなコンピューターのような機械と店内の様子を映し出しているモニターが数面あった。早苗は不安そうな目で私を見た。

「早苗、大丈夫か」

そう声を掛けると、早苗は急に泣き出した。私は店の者たちに、「店長は？」と訊ねた。

「私ですよ」

コンピューターを触っていた中年男が立ち上がった。「笠井です」

「いったい何があったんですか？　説明してください」

「まあ、座ってください」

笠井は私にソファーに座るように勧めたが、結構だと応《こた》えた。

「お宅の奥さんがうちの台を叩いて暴れたんですよ」

「何ですって？」

「玉が出ない、ここは裏ロムを使ってるって、店中に響き渡るような大きな声でね。大変迷惑な行為ですよ」

笠井はタバコに火を点けた。「それで、うちの従業員が注意したら、いきなり殴りつけてきたんですよ」

「馬鹿馬鹿しい」と私は言った。「作り話もいい加減にしてもらいたい。第一、家内はパチンコなどしたことがないんだから。それに男を殴るなんて」

「殴ったんだよ！」

それまで黙っていた若い男がいきなり大きな声を出した。見ると、男の左頬《ほお》は紫色に腫れていた。まさか早苗に殴られた痕だというのか。

「早苗、君、殴ったのか?」

早苗は子供がイヤイヤをするように激しく首を横に振った。

「本人がやってないと言ってるじゃないか!」

「では、これを見てもらいましょうか」笠井は壁に取り付けてある何面かある一台のモニターを指差した。「奥さんの行為が店の監視ビデオに映《うつ》っていますから」

笠井が機械を操作すると、白黒画面に女が映っているのが見えた。こちらに背中を向けているので顔は見えないが、後ろ姿は早苗に似ている。

モニターの女は手を大きく振り回している。明らかに興奮している様子だ。音声はないが、もしかしたら怒鳴っているのかもしれない。ソファーに座っている早苗を見ると、画面の女と同じチェック模様のブラウスだった。私は脇《わき》の下に汗が滲《にじ》んでくるのを感じた。

画面に店員が現れるのが映った。後ろから店員に声を掛けられた女が振り向こうとした時、突然モニターが音を立てて割れた。私の背後から灰皿が飛んできたのだ。慌てて振り返ると、すぐ後ろに早苗が立っていた。彼女は私の顔を見ると、にっこりと笑った。

*　*　*

医者はカルテを書き終えると、私の方を見た。

「奥さんは統合失調症ではありません」

私よりも少し年長と思える医者は穏《おだ》やかな口調ながら、はっきりと言った。

「思考はしっかりしていますし。幻聴や幻覚といったものもありません」

少しほっとした。妻は頭がおかしくなったわけではなかったのだ。

隣の診察室から奇声が聞こえた。この病院に来てから、奇声や悲鳴は頻繁《ひんぱん》に耳にしている。普通の病院ではめったに見ないような奇妙な患者をたくさん見た。こんなところからは早く妻を連れて帰ろうと思った。

「すると、妻は――？」

と私は医者に訊ねた。

「非常に珍しいケースですが、解離性同一性障害の疑いがあります」

「それは何ですか？」

「わかりやすく言えば、多――」

その時、今度は待合室の方から男の怒鳴り声が響いて、医者の言葉が聞き取れなかった。

待合室で、看護師が静かにしてくださいとなだめているが、男は、やかましい、ぶっ殺すぞ！　とわめいていた。その直後、大きな馬鹿笑いが聞こえた。

「厄介な患者さんですね」

私が苦笑《にがわら》いしながら言うと、医者は少し困ったような顔で言った。

「あなたの奥さんですよ」

残りもの

バーゲン会場に着いた時は、開始後一時間も経《た》っていた。予想通りめぼしいものはほとんど残っていなかった。ざっと売り場を眺《なが》めてから帰ろうとした時、ワゴンの下に山吹色《やまぶきいろ》の何かが落ちているのが見えた。しゃがんで手に取ると、好みにぴったりの夏物のブラウスだった。値札を見ると、破格の安さだった。やったー！　と思わず心の中で叫んだ。

残りものには福があるのよ——祖母がいつも言っていた口癖《くちぐせ》を思い出した。思わず後ろにいた雅彦《まさひこ》の顔を見て笑った。夫はわたしが喜ぶ顔を見て微笑《ほほえ》んだ。

バーゲン会場から出たあともずっと上機嫌だった。

「そんなに嬉《うれ》しいの？」雅彦は訊いた。

「この気持ちは男の人にはわからないわね」

「何も友だちの家を訪ねる日にバーゲンに行くことはないと思うけどなあ」

「いいじゃない。恭子《きょうこ》の家に行くのにまだ間があるから。時間は有効に使わなくちゃ」

雅彦は笑いながら肩をすくめた。

恭子のマンションに向かうために地下鉄に乗った途端、今度は別のことでうきうきしてきた。それは友人に夫をお披露目《ひろめ》できるからだった。

雅彦とは二カ月前に北海道の教会で二人きりで式を挙げた。東京で披露宴をやらないことで、両親や友人たちからは非難囂々《ごうごう》だった。本当はわたしだって大勢の人を集めて盛大にしたかったのだが、雅彦がそういう派手なのはやりたくないと言ったのだ。披露宴をしたかった一番の理由は、友人たちに雅彦を見てもらいたかったからだ。三十代最後の年で、理想の夫を見つけた喜びを皆に伝えたかったのだ。

ふと電車で隣に座る夫を見た。雅彦は眼を閉じて、かすかに寝息を立てていた。その横顔を見ながら、あらためて綺麗《きれい》な顔だと思った。細面《ほそおもて》で端正な顔はとても四十二歳には見えない。周囲の乗客が見れば美男美女の夫婦に見えるかなと思った。

自分で言うのはなんだけど、わたしの顔立ちは悪い方ではなく、学生時代は周《まわ》りから美人と言われていたし、会社に入ってからは「ミス総務」と呼ばれていた。言い寄ってくる男性も少なくなかった。何人かの男性と付き合ったが、結婚したいとまで思う相手はいなかった。恋よりも仕事のほうがずっと面白かったし、慌《あわ》てて結婚する必要はないと思っていた。

あの頃は毎日が楽しくてたまらなかった。誕生日を迎えるたびに、まだ二十代なのかと不思議な気がした。青春は永遠に続くと思っていた。でもそれは錯覚だった。三十歳を超えてからは新たな経験が少なくなり、仕事もルーティンワークが多くなった。それに反比例するように恋の回数もぐっと減った。刺激のない生活は逆に時間の流れを速くした。誕生日が来るたびに「もう一年が過ぎたのか」とびっくりした。

三十三歳の時に彼氏と別れてからは、恋にも一切縁がなくなった。気が付けば同年輩か年上の男性はろくなのが残っていなかった。言い寄ってくる男性が妻子持ちしかいなくなると、さすがに少し焦《あせ》ってきた。友人の結婚式に出るたびに、うかうかしていられないと思った。早く素敵な男性を見つけて恋をして、結婚してしまおう。しかし若い頃には売るほどあった恋のチャンスはなかなかなかった。

そのうちに、愛はなくても、そこそこの学歴と地位のある男性なら結婚してもいいと考えた。ところが、いざそういう視線で見渡してみると、その条件にかなう男も滅多にいないことに気が付いた。年上男性に限れば、いい男は全部売れてしまっていたのだ。

「そりゃそうだわね。金もあって、女性にもてる男は、三十までに誰かと恋をしてとっくに結婚してるわ」

ある日、独身の女友だち数人で飲んでいる時に、友人のマリエが言った。周囲の女性たちは皆うなずいた。

「普通に仕事ができて、普通に女性が好きな男なら、ちゃんと恋をして結婚するもの」

「いまどき、四十にもなるのに結婚してない男って、金がないか、仕事がないか、よっぽど女にもてない男よ」

友人たちは口々にその通りだと言った。

「あるいは、男が好きなやつ」

マリエの言葉に皆が笑った。

「でも、そういうことよ」誰かが言った。「とにかく四十過ぎでいい男はもう全部売れちゃってるのよ。残っているのはカスばかり」

「私たち、セールに乗り遅れたのかなあ」

「それとも、選びすぎたか」

また皆がどっと笑った。

――あの時、わたしも笑いながらも、もう気に入った服なんて手に入らないかもしれないと思っていた。乗り遅れたのか選びすぎたのかはわからない。でももうバーゲンは終わりかけていて、ワゴンにはろくでもない服しか残っていなかったのはたしかだ。

意を決して何度かお見合いもした。でもやってくる男性に魅力的な人はいなかった。会話は少しも弾《はず》まず、わずか一時間ほどの食事が苦痛になってくる相手ばかりだった。何度も見合いを経験して学んだことは、お見合いで伴侶《はんりょ》を見つけようという男は女性に全然もてないということだ。三十五歳を過ぎると、紹介される中にバツイチ男性が混じってくるようになった。

三十七歳で十回目の見合いをした帰り道、一生独身でもかまわないと思った。不幸な結婚生活で泣いている友人は何人も見てきたし、離婚して苦労している友人も知っている。わたしには仕事はあるし、楽しい友人もいる。独身であっても何の不自由もない。結婚が人生のゴールじゃないし、目的でもない。女の幸せと結婚とは何の関係もない。

わたしはまた雅彦をちらっと見た。この素敵な人がわたしの夫だなんて、今でもまだ信じられない。それはそうだ。三カ月前まで全然知らない人だったのだから――。

あの日、銀座で突然の雨に降られたわたしは、小走りになったところを後ろから声をかけられた。

「よかったら、入りませんか」

振り返ると、背の高い男がわたしを見ていた。男は青いシャツに濃紺のブレザーを着て、笑顔は爽《さわ》やかだった。ふだんなら丁重《ていちょう》に断るところだったが、自然な笑顔に釣られて、つい微笑み返してしまった。

——あの時、微笑み返さなかったら、と思い返すたびにぞっとした。「チャンスは前髪を摑《つか》め」という諺《ことわざ》がある。たしか「幸運の女神」というのは後頭部は禿《は》げていて、通り過ぎた時に捕まえようと思っても既に遅いという意味だ。

男は「濡れますよ」と言って、傘を少し前に出した。一瞬迷ったが、男はわたしが返事をする前に一歩前に出て頭の上に傘をかざした。そのあまりにさりげない仕草に、思わず「ありがとうございます」と礼を述べた。

「どこまで行きますか」男は並んで歩きながら訊いた。

「有楽町《ゆうらくちょう》の駅まで行こうと思っていたのですが——」

「ちょうど、よかった」男は快活に言った。「ぼくも有楽町に行くところです」

いい匂《にお》いがすると思った。隣を歩く男から漂《ただよ》うオーデコロンの香りだった。

それが蔭山《かげやま》雅彦との出会いだった。雅彦は美容師だった。半年前に蒲田《かまた》で小さいながら美容院を開いたという話を有楽町の駅へ向かうまでの間に聞いた。

その週末、傘の礼を言うために、わたしは店を訪れた。その時の自分に下心がなかったと断言する自信はない。

その日、わたしは雅彦に髪をカットしてもらうことになった。成り行き上そうなってしまったが、椅子《いす》に座ってから不安になった。おかしな髪型にされるのも怖かったが、それよりもそのことで彼への好印象がぶちこわしになってしまうことを恐れたのだ。

それは杞憂《きゆう》に終わった。雅彦の腕はたしかだった。わたしは鏡の中の自分のヘアスタイルを見て驚いた。

わたしが「素敵！」と言うと、雅彦は照れたように笑った。

「そう言ってもらえて嬉しいです。ありがとう」

「どこで働いていらっしゃったのですか？」

「京都です」

ああ、それで、とわたしは思った。雅彦の言葉にはどこか関西のなまりがある。

「でも、普通、顧客が沢山《たくさん》いる町で独立するって聞きますが」

「ええ、でもそうすると、お客さんを奪って独立することになってしまいます。世話になったお店に迷惑を掛けたくなかったから、京都で店を開くのはやめようと思ったんです。顧客の皆さんと別れるのは寂しかったけど、また新しいお客さんと出会えればいいと思って――」

「これからわたしがお客さんになるわ」

思わずそう言ってしまってから、少し顔が赤くなった。

その週の終わり、雅彦と食事をした。話してみると、意外なほど博学で知的な一面があった。十日後、初めてのデートでまだキスもしていないのにプロポーズされた。彼の唐突さに驚かされたが、もっと驚いたのは、それをOKした自分だった。人生にはこんな瞬間があるのだと不思議な気がした。

雅彦は理想的な夫だった。酒もタバコもやらず、生活は規則正しかった。そのせいか贅肉《ぜいにく》もほとんどなく、体型は二十代といっても通用するほどだった。夜は遅くても十一時には就寝し、朝はわたしよりも早かった。彼の早起きは仕事のためだという。本人曰《いわ》く、「人間の能力は朝目覚めてから三時間経って、本調子になる」ということだった。

「お客さんの大事なヘアをスタイリングさせてもらうのだから、早く起きて、体も頭もベストコンディションにしておかないと」

さらりと言う夫をわたしは心から尊敬した。

雅彦には浮世離れしたところがあった。職人気質というのだろうか、いつも仕事のことを考えていて世の中のブームといったものにはまったく興味がなかった。芸能界や流行《はや》りの音楽のことにも関心を示さなかった。テレビもほとんど観《み》なかった。聞けば、若い頃からテレビを観る習慣がなかったという。

彼はまた孤高の人でもあった。友人はほとんどなく、一人でいる時はたいてい本を読んでいた。それも小説の類《たぐい》ではなく、哲学書や学術書が多かった。蔵書には法律の本も沢山あった。司法試験を目指していたんだと一度冗談めかして言ったが、それは意外に本当かもしれないと思った。時折見せる暗い表情は、もしかしたら若い頃に大きな挫折《ざせつ》を味わったことがあるのかもしれない。でもそんな陰さえ魅力に思えた。雅彦のこういったところを、友人たちみんなに自慢したかった。バーゲンで見つけた掘り出しものを友人たちに見せびらかすように。

夫の魅力的な部分はまだある。それは夜が激しいことだ。四十歳を過ぎているにもかかわらず、ほとんど毎夜、求められた。仕事で疲れている夜は、少し辛《つら》いなと思う時もあったが、雅彦に求められるのは嬉しかった。結婚している友人たちからは揃《そろ》って、結婚して半年も経つと夫はほとんど求めてこないという話を聞かされていたから、これは意外だった。中には恋愛期間が長いために、結婚直後からセックスレスになっている友人もいた。わたしは、夫が妻を求めないのは愛情が減ったからだと思っていたから、雅彦に激しく求められる時は、彼の愛情の強さを感じて嬉しかった。しかし、さすがにこれを友人たちに自慢するつもりはない。

またちらっと雅彦の顔を見た。

――残りものには福があるのよ。

祖母の言っていたことは本当だった。こんな素敵な男性が未婚で残っていたなんて、現実に雅彦と結ばれた今でも信じられない気持ちだった。

恭子のマンションには六時に着いた。彼女はわたしの元同僚だ。三十五歳の時に結婚して会社を辞めていたが、今でも付き合いがある。夫の義邦《よしくに》はフリーライターだ。年は雅彦と同じ四十二歳だった。

友人夫婦は豪華な夕食を用意して待ってくれていた。わたしは二人に雅彦を紹介すると、テーブルに着いた。雅彦を見た恭子が少し驚いたような顔をしたのを見逃さなかった。雅彦のイケメンぶりはたいていの女性を惹《ひ》きつける。

「ご主人、ハンサムね」

恭子の言葉に、わたしは「そうかなあ」と言いながら首を傾《かし》げたが、内心は嬉しかった。

「若い頃はアイドルタレントみたいだったんじゃない」

「今はオジサンだけど、子供の頃の写真を見ると、妻の私が言うのもなんだけど、可愛《かわい》い顔をしてたわよ。中学、高校の時の写真もなかなかのものよ」

「でしょうね。きっと素敵だったと思うわ」

「おいおい」と恭子の夫の義邦が呆《あき》れたように言った。「いくら男前でも他人の亭主だぞ。それに男は顔じゃない」

「自分がブ男だからって、そんなこと言わないの。男だって綺麗な顔の方がいいんだから」

義邦は苦笑した。たしかに義邦は小男で、顔はお世辞にもいいとは言えない。サルのような顔だ。恭子自身がそれをいつも笑い話にしていた。でも雅彦の顔のことで友人に対して優越感を持つことはなかった。男はマスクじゃない、大事なのは愛情と仕事だ。

「コーヒーでも淹《い》れてくるよ」

義邦は立ち上がってダイニングの方へ行った。

「二十代の頃はどうだった？」

恭子は再び雅彦の顔のことを話題にした。

「その頃の写真は火事で燃えちゃってないの」わたしは答えた。

恭子は雅彦の方を見て「そうなんですか？」と訊いた。雅彦は少し悲しそうな顔をした。

「親父のうっかりで、自宅が全焼したんです。それでアルバムや大事なものを一切失って——。子供の頃のアルバムは結婚した姉が持っていたんで、無事だったんですが」

「全焼って大事件ですね」

「自宅だけならよかったんですが、近所の家にも延焼して、その賠償で大変でした」

その話はわたしも前に聞いていた。雅彦は両親とはほとんど交流がなく、わたしも結婚前に一度会っただけだった。その時も、夫と両親の間にはぎくしゃくしたものを感じた。義姉には一度も会っていない。もしかしたら補償の問題などで、家族の間でトラブルがあったのかもしれない。

雅彦の少し沈んだ表情を見て、恭子は話題を変えた。

「ご主人はどうしてその年まで独身だったんですか。結婚するチャンスはいくらでもあったんじゃないいんですか？」

「それってどういうこと。あたしでは不釣り合いってこと？」

わたしは恭子を睨《にら》んだが、もちろん本気で怒ってはいなかった。

「それを言うなら、妻の美江子《みえこ》の方が不思議ですよ」雅彦が笑いながら言った。「こんなに美人なのに、ずっと独身でいたんですから」

恭子は「ごちそうさまでした」とわたしの方を見て笑った。

「四十まで結婚しなかったのは特に理由はないんですが——」雅彦は恭子の質問にあらためて答えた。「仕事に夢中で、結婚なんか考える暇がなかったんです」

「お仕事は、たしか美容師さんでしたね？」

「ええ」

「腕一つで稼いでいる男を夫に持つと、妻も頑張らないと、と思うよね」

恭子の言葉に、わたしは心の中でうなずいた。会社員じゃないだけに、内助の功が大切だ。

「私の夫もフリーライターだから、よくわかるわ」

その時、義邦がコーヒーカップを載せたトレイを持ってリビングにやってきた。

「何の話？」

「あなたが会社勤めじゃないから苦労するという話」

義邦は苦笑した。

「たしかにフリーは大変だよ。体一つで家族を養《やしな》っていかないといけないからな」

義邦は主に週刊誌などで記事を書いていた。共同執筆でノンフィクションを何冊か出したこともあると聞いたことがある。それまでは何とも思わなかったが、同じ自営業の夫を持つ身として、わたしは恭子に対して連帯感のようなものを感じた。

「ご主人は、今、どんなものを書いているのですか？」わたしは義邦に訊いた。

「クルマ関連の本を書いています。その前は教育関係の雑誌でした。要するに何でも屋です」

「主人の頭の中はすごいのよ」恭子が口を挟んだ。「これまで取材した人のことが全部頭に入っているの」

「すごい！」

「いやいや」と義邦は手を振った。「一種の職業病みたいなもので――」

「特殊技能ですね」

「そうでもないんですけど。ただ、会った人の名前は絶対に忘れないですね」

「この人の記憶力はすごいのよ。私は人間メモリーって呼んでるの」

「じゃあ、わたしと主人の名前もすぐにインプットされました？」

「ええ」義邦は笑ったあとで、付け加えた。「でも、同じ名前がありました」

「同じ名前って？」

「昔、取材した事件で同姓同名の人がいたんです――カゲヤママサヒコ」

「まあ！」

わたしは笑って雅彦の顔を見たが、雅彦は表情を強張《こわば》らせていた。

「ただし、字が違います。僕の記憶にある人物は、草冠のない陰だし、政も政治の政です」

わたしはドキッとした。実は夫の戸籍名は「蔭山」ではなく「陰山」で、しかも「雅彦」ではなく「政彦」だったからだ。本人は「陰というのは陰気だし、それに政治の政よりも優雅の雅のほうが美容師らしいだろう」と言っていた――。

「その人は――」とわたしは緊張しながら訊いた。「有名人なんですか？」

義邦は笑いながら、「二十年前は週刊誌によく載りましたね」と言った。

「連続婦女暴行殺人犯です」

豹変

その日、島田俊夫《しまだとしお》は午前中に病院に寄り、会社には昼前に着いた。

検査の結果は俊夫の気持ちを大いに沈ませていた。エレベーターを待つ間も何度もため息が出た。とても仕事をする気にはなれなかったが、かといって一人で過ごすのも耐えられなかった。むしろ勤務中は余計なことを考えないで済む。

所属する総務課に顔を出し、課長に挨拶《あいさつ》してから、社員食堂に向かった。食欲はなかったが、朝から何も食べていないので、胃に何か入れておかないと午後が持たない。

食堂の入口で、同じ課の先輩の近藤《こんどう》と石川《いしかわ》に会った。二人とも三十三歳で、俊夫よりも二つ年上だ。

「よう、重役出勤だな」

石川が軽口を叩《たた》いたが俊夫の目は近藤の頭にくぎづけだった。近藤の頭には白い包帯が巻かれ、その上を大きなネットが包んでいた。

「近藤さん、その頭どうしたんです？」

「まあ、いいじゃないか」

近藤は苦笑《にがわら》いした。

「こいつ、言わないんだよ」と石川が言った。

三人はそのまま同じテーブルに着いた。日替わりランチを食べながら、三人は昨日のプロ野球の話題で盛り上がった。こうして他愛《たわい》のない話をしていると気が紛《まぎ》れる。

そのうち、話題が途切れると、近藤が「昨夜、事件があってな」とおもむろに切りだした。

「どんな事件だ？」と石川が訊いた。

「晩メシ食ってる時な、嫁に、お前の箸《はし》の持ち方はいつまで経《た》っても直らないなと言ったんだ。嫁の箸の持ち方は典型的な握《にぎ》り箸なんだ」

「たまにいるよな」

「独身時代に一度からかったことがあって、その時は嫁が泣いたものだから、それから言わないようにしてたんだけど、昨日は久しぶりにポロッと言ってしまったわけよ」

「結婚して初めて言ったのか」

「もしかしたら、そうかもしれない。覚えてないけどな」

「結婚して何年だ？」

「三年だよ」

近藤は言いながら頭のネットに手をやった。

「で、その時に、お里が知れるよなって言ったんだ」

「奥さん、泣いたんじゃないですか」

俊夫は言った。近藤の妻は昔、同じ総務にいた。仕事でミスすると、すぐに泣きだすような気の小さい娘だった。

「何も言わないで、黙ってご飯を食べてたよ」

「握り箸で？」と石川がすかさずつっこんだ。

「そう、握り箸で」近藤は苦笑した。「それで、メシ食い終わった後、居間でテレビ観てたんだけど、いきなり脳天にガーンとショックを受けたのよ」

「何があったんだ」

「一瞬気を失いかけたんだけど、必死で後ろを振り返ったら、嫁さんがフライパン持って仁王《におう》立《だ》ちしてるんだよ」

「ひえーっ！」

石川が大きな声を上げた。その声に周囲の何人かが俊夫たちを見た。

「あの大人しい奥さんがフライパンで殴《なぐ》ったんですか？」

俊夫は少し声を低めて言った。

「うん」近藤は顔を歪《ゆが》めた。「箸くらいでギャアギャア言うな！　ってものすごい声で怒鳴られたもんだから、びっくりして頭の痛みも忘れたよ」

石川は肩をすくめたが、すぐに笑い出した。それにつられて俊夫も笑った。

病院を出てからずっと続いていた重い気持ちが少しだけ和《やわ》らいだ。

「それにしても近藤さんの奥さんが――ちょっと信じられない話ですけど」

「一番驚いてるのは俺だよ。その晩は、救急車で病院に運ばれて、家に帰ってきてからも、寝るのが怖かった。寝てる間に、またやられるんじゃないかと思って――」

「どうだったんだ」と石川がいたずらっぽい表情で訊いた。

「朝になったら、嫁の奴、泣きそうな顔で、昨日はごめんなさいって、聞こえるか聞こえないかのような声で言うんだ。ああ、まあいいよって俺も言って、そのままうやむやだ」

「仲直りしたんだな」

「仲直りっていうのかな——。何もなかったみたいなことになったわ。でも、今度ばかりは、嫁の知られざる一面を見てしまったなあ」

　石川と俊夫はおかしそうに笑った。

「お前らは笑ってるが、女にはそういう隠れた一面があるんだぞ」

「そういえば」と石川が言った。「俺にも似た経験があるよ」

「お前、独身じゃないか」

「俺のお袋の話だよ。俺が大学生の頃だけど、家族でクイズ番組を観てたんだ。家族全員が答えがわかって、お袋だけわからなかった。それで皆で、お袋をからかったんだ。お袋は最初笑ってたんだけど、突然、鉄製の鍋敷《なべし》きをテレビに向かって投げつけたんだ」

「本当かよ」

「ブラウン管がバーンって大きな音立てて破裂したけど、家族は完全に固まっちゃって、しばらくは動けなかったよ」

「それは強烈だな」

「うちの親父《おやじ》は典型的な亭主関白で、お袋は親父に逆《さか》らったことがなかったんだよ。親父はいつもお袋を、口癖《くちぐせ》のようにバカバカと繰り返して言ってたけど、お袋はいつも笑ってた」

「なんだか怖い話ですね」俊夫は言った。

「それ以来、家ではお袋の無知を誰もからかわなくなったよ」

「コンプレックスというのは怖いよな。どこで爆発するかわからない」

近藤の言葉に石川はうなずいた。

「その点、島田の奥さんは安心だな」近藤が俊夫の顔を見て、にやっとした。「馬鹿にされてるのは島田の方だからな」

俊夫は苦笑した。妻の由香《ゆか》は一流大学出身で大手新聞社勤務だ。無名の私大出身で中堅商社勤めの俊夫より給料もずっといい。しかも美人だ。俊夫の一つ年上の出来すぎた姉さん女房のことは、しばしば友人たちのからかいのタネになっていた。

たしかにコンプレックスを抱くのは自分の方だなと俊夫は思った。


食堂を出て一人になってから、由香のことを考えた。

今夜、由香に病院での検査の結果を打ち明けたら、どう反応するのだろうか。まさかフライパンで殴りつけるようなことはしないだろうが、大きなショックを受けるのは間違いない。

由香をすごく悲しませることになると思うと、気持ちがますます沈んだ。もし打ち明けたら、自分たち夫婦はどうなるのだろう。夫婦間の愛情はどうなるのだろうか。それとも由香には黙っていようか。しかしいつまで隠し通すことができるのだろう。

俊夫は会社からまっすぐ帰る気にはなれず、一人でバーに立ち寄った。酒を飲みながら決断をしようと思ったのだ。打ち明けるにしてもアルコールの力が必要だ。

しかし帰宅するまで二時間近くも飲んでいたが、思うように酔えなかった。そうして決心がつかないまま、マンションのドアを開けた。

「お帰りなさーい」

妻も遅かったらしく、ちょうど夕飯の支度をしているところだった。

「ご飯はあと三十分くらいかかる」由香は言った。「お風呂沸《わ》いてるから、先に入ったら」

「じゃあ、そうしようか」

何となくほっとして答えた。

「上がった頃にはご飯もできてるよ」

俊夫は上着だけを居間のハンガーにかけると、風呂場に向かった。

脱衣場で服を脱いでいると、由香がドアを少し開けて顔を覗《のぞ》かせた。

「今日ね、いいことがあったのよ」

にっこり微笑《ほほえ》んでそれだけ言うと、すぐに引っ込んだ。

俊夫は苦笑《にがわら》いしながら、浴室に入ると、湯船に体を沈めた。「今日、いいことがあった」というのは、妻が仕事から帰った俊夫に必ず言う決まり文句の一つで深い意味はない。昨日は、スーパーの魚売り場でおじさんがサーモンを半額にしてくれたことだった。おとといは、車に乗っていて、いつも必ずひっかかる信号が三つ連続ですべて青だったという話だ。たいていはそんな愚にもつかない話だが、中には「仕事をミスした」という話もあった。「それのどこがいいことなの？」と訊くと、由香は「一度そんなミスをすると、今後はしなくなるでしょう。だから、いいことなの」と楽しそうに答えた。本当に呆《あき》れるほど前向きな性格だ。それに天真《てんしん》爛漫《らんまん》で実に無邪気なところがある。

家での由香を見ていると、とても新聞社勤めには見えない。もっとも由香が所属しているのは文化部で、警察廻りのような事件記者ではない。俊夫の前では可愛《かわい》い姿しか見せないが、会社ではそうではないようだった。それはたまに電話で仕事の話をする時の様子で窺《うかが》えた。普段は聞いたことがないような早口で、受け答えしたり、てきぱきと指示を与えている妻の姿は別人のようだった。パソコンの前でキーボードを叩いている時の顔も、俊夫の前では見せない鋭いものだった。

それだけに由香が自分の前ではいつも可愛い女でいてくれるのは嬉《うれ》しかった。結婚して五年になるのに、今も夜の営《いとな》みの時は初めての時のように恥じらいを見せる姿もいじらしかった。

考えれば考えるほど出来た妻だった。料理や洗濯を含む家事一般はすべて由香がこなした。俊夫は何度か家事を分担しようと言ったが、由香は「料理や洗濯は女の仕事よ」と笑って拒否した。それでせめてもと思って、風呂の掃除やトイレの掃除をした。

しかし正直に言えば、時々、自分にはもったいないくらいの女性に思えて、重荷に感じることがあった。由香のような才色兼備の女性がどうして自分のような男の妻になったのか不思議だった。一度それを訊いたことがある。すると由香は少し考えてこう答えた。

「俊夫には野性味があるの。私、頭でっかちのなよなよした男性は苦手なの」

それを聞いたときは、嬉しいような嬉しくないような気持ちだった。

「私は子供の頃から体が弱かったから、強い男性に憧《あこが》れを持っていたのかもしれないわ」

由香とは六年前に合コンで知り合った。高校から大学までラグビーをしていた俊夫は、今もがっしりした体をしていた。小柄な由香は俊夫の筋肉質の体が好きらしく、家ではよく体に抱きついて甘えた。

由香が言った言葉でもう一つ印象に残っているものがある。

「俊夫には、何て言うか、オスの匂《にお》いがあるの」

由香はそう言って少し照れくさそうに笑った。

俊夫はそのことを思い出して顔をしかめた。オスならメスを孕《はら》ませないといけないなと思ったからだ。

五年の結婚生活で妻は一度も妊娠していない。最初の三年ほどは夫婦水入らずの生活を楽しもうと二人で決めていたが、この二年はとくに避妊はしていなかった。もっとも子作りしようときちんと話し合ったわけではなく、暗黙の了解で何となくそうなっていた。だから排卵日を確かめて積極的に子作りに励《はげ》んできたということはない。それにお互いに仕事が多くてセックスの回数も減っている。それでも二年間一度も妊娠しないのは不妊の可能性を疑ってみてもいいのかもしれなかった。

独身時代に付き合っている頃には、何度か子供の話題も出た。

「私と俊夫が結婚したら、すべての血液型の子供ができる可能性があるのよ」

と由香が言ったことがある。

「どういうこと？」

「私がA型で俊夫がB型だから、子供はA型B型O型AB型の全部が生まれる可能性があるのよ」

「でも、それって、ぼくがAOの因子、由香がBOの因子を持ってる場合だろう」

「持ってることにしようよ」由香はおかしそうに笑った。「子供が四人全員ばらばらの血液型を持ってると、きっと楽しいよ」

「じゃあ、子供は最低四人作らないといけないな」

「その倍でもいいわよ」

俊夫はその時の会話を思い出してため息をついた。四人どころかいまだに一人もできない。もしかしたら由香も不妊の可能性を考えていたのかもしれない。しかしお互いにそれを口にすることは一度もなかった。

二人の考えていることは同じかもしれないと思った。不妊の検査をして、どちらか一方に原因があるとわかった時のことを恐れているのだ。両方に原因があればまだしも、もしどちらか一方に肉体的な欠陥《けっかん》があれば、今の二人の関係がどう変化するのか、想像もできなかった。

前に一度だけ、不妊検査のことをそれとなく言おうとしたことがあった。

「子供のことだけど――」俊夫はできるだけ自然な感じでさりげなく言った。「なかなかできないね」

「子供なんかできる時はできるよ」由香はあっけらかんと答えた。「私の叔母さんなんか、七年もできなかったのに、初めての子供ができてからは、立て続けに三人もできたんだから」

「そういうこともあるのかな」

「そういうこともあるから、授《さず》かりものって言うんじゃないの」由香は明るい声で言った。

「したらできるものなら、授かりものって言わないわよ」

しかし由香が本当は子供を欲しがっているのを俊夫は知っていた。一年くらい前から二人で街へ出ると、由香の視線が小さな子供に向くのを俊夫は気付いていた。

ずっと悩み続けていた俊夫が不妊の検査に行こうと決めたのは数日前だった。

最初は自分一人で行こうと決めた。まず自分を調べる、そして、その結果を見て、どうするかを考えようと思ったのだ。そして今日、病院で検査結果を聞いた――。


風呂から上がると、脱衣籠《かご》に部屋着が置いてあった。今更ながら妻の細《こま》やかな心配りに胸がじんとした。

ダイニングルームから由香の鼻歌が聞こえてきた。楽しい気分なんだろうなと思った。

いつもはその歌を聞くだけで楽しい気持ちになる俊夫も、今夜ばかりはそうではなかった。

今から、そんな妻を悲しませるようなことを言わなければならないと思うと、明るい鼻歌を聞くのはむしろ辛《つら》かった。

病院での検査の結果は、閉塞性無精子症というものだった。これは大きなショックだった。というのも、何となく自分の体は大丈夫だろうと思っていたからだ。もちろん何の根拠もない単なる思い込みだった。実は不妊検査に行ったのも、自分に悪いところがないことを確認したいという気持ちがあったからだ。それなのに——思いもよらない結果が出てしまった。

医者が言うには、俊夫の場合、通常の性行為では女性を妊娠させることはできないということだった。ただし、治療《ちりょう》を行えば妊娠も不可能ではないらしい。だが、医者はその可能性についてははっきりしたことは言わなかった。

最初は由香には黙っていようと思っていた。こっそり一人で治療を続けよう、と。しかしすぐに思い直した。それでは妻に対する裏切りになる。それに医者は、不妊治療は妻の協力が必要になる場合もあると言っていた。

俊夫は正直にありのままを打ち明けようと思った。由香ならそれを聞いても、優しく受け入れてくれるだろう。自分に精子がなくても、夫に対する愛情はいささかも変わらないような気がした。

ところが、そう思うと、俊夫の心はほっとするどころか、一層重く沈んだものになった。優しく慰《なぐさ》められるよりも、むしろ怒りをぶつけられたいと思った。完璧《かんぺき》な女性による完全なる優しさは、与えられる方が惨《みじ》めな気持ちになる場合もある。治療の間、由香に優しくされるたびに、彼女に対する申し訳なさと自分の惨めさ、そして劣等感は際限なく膨《ふく》らみ続けるだろう。はたしてこれから先の結婚生活で、自分はそれに耐えられるのだろうか。

それよりも由香が自分を非難の目で見る方がまだ耐えられるような気がした。だからむしろ豹変《ひょうへん》して夜叉《やしゃ》のように怒る由香の顔を見てみたいとさえ思ったのだ。

その時、俊夫は心の底で、不妊の原因が妻にあればいいと思っていた自分に気が付いた。由香がそうであれば、自分はそんな妻を一生大事にして生きていく——自分の胸のうちにはそんな隠れた願望があったのかもしれない。

しかしすべては逆の目に出てしまった。

妻にはフライパンで殴られたかった。むしろそれくらいのことをされたほうが心が楽になる。優しく慰められたりしたら、一層惨めさが募《つの》る——。

「由香」

俊夫は妻の名を呼んだ。

「何？」

俊夫は病院でのことを言いかけてやめた。

「さっき言ってた——今日のいいことを教えてよ」

俊夫は自分の話をする前に由香に「楽しいこと」を話してもらおうと思った。さすがの由香もあのことを聞いたあとでは、もうそんな話はできないだろう。

由香は大きな目をくりくりさせてにっこりと笑いながら、「今日の話は、俊ちゃんにもいいことよ」と言った。

「それは是非《ぜひ》聞きたいな」

「できちゃったの」

生命保険

「遠いのによく来てくれたわね」

淳子《じゅんこ》はそう言いながら紅茶とケーキを出した。ケーキは昌恵《まさえ》が持ってきてくれたものだ。

「突然お邪魔してごめんね」昌恵が恐縮して言った。「たまたま営業で近くに来たものだから」

「とんでもない。電話をもらって嬉しかったわ。でも時間はいいの？」

「大丈夫よ。仕事は済んだから。二時間くらいはゆっくりできる」

昌恵は大学時代からの親友だ。卒業して十五年近くになるが、メールや電話ではいつも連絡を取り合っている。実際に会うのは二年ぶりだった。

「専業主婦って羨《うらや》ましいわ」

昌恵が冷蔵庫に貼《は》ってあるレシピのメモの山を見て言った。

「何言ってるのよ。家にずっといるとストレスがたまるよ」

子供のいない昌恵は今も共働きで頑張っている。

「私も子供の手がかからなくなったら、何か仕事をしたいわ。けど、もうその頃にはどこも雇《やと》ってくれないわね」

「今はどこも厳《きび》しいからね」

「あーあ、若い頃が懐《なつ》かしいな。あの頃は何だってできると思ってた」

昌恵がミルクを入れた紅茶をスプーンで混ぜながら笑った。

「そう言えば、昔、二人でヨーロッパ旅行にいったたね」

「あんな楽しいことは、もう主婦にはできないわ」

「その時の写真、持ってる？」

「あるわよ。持ってこようか」

淳子は押し入れの中の収納引き出しから紙の箱を取り出すと、テーブルの上に置いた。箱を開けると、中には未整理の写真が無造作《むぞうさ》に入っていた。

「アルバムに貼ってないの？」

「いつかそうしようと思ってるんだけど、面倒くさくって――」

淳子はＤＰＥショップで貰《もら》った手帳大のファイルを三冊取り出した。表紙にはマジックで「ヨーロッパ旅行１・２・３」と書かれていた。

二人は懐かしい写真を一枚一枚見ながら、当時の思い出を語った。淳子自身もその写真を見るのは十数年ぶりだったので、新鮮だった。忘れていた思い出も沢山《たくさん》蘇《よみがえ》り、二人は学生時代に戻ったかのように、いろんな話をした。

一通り写真を見終え、ファイルを箱にしまおうとした時、昌恵が、「その写真は御主人の？」と訊いた。見ると、箱の底に写真が何枚もあった。束《たば》ねていたゴムが劣化して写真がバラバラになっていたのだ。

「主人らしいわ。ファイルに入れないでゴムで留めてたのね」淳子が呆《あき》れたように言った。

昌恵が箱の中から一枚を手に取って眺めた。

「これ、御主人の学生時代の写真？　ちょっとぽっちゃりしてるね」

たしかに太っている。Ｔシャツがぱんぱんだ。でも今はそれ以上に太っている。

「お坊っちゃんみたいな顔立ちね」

「今も一緒よ。もうすぐ四十歳なのに、全然しっかりしてなくて――」淳子はため息をついた。「それに生活がだらしないの」

「それって――浮気とか？」

「違う、違う」淳子は慌《あわ》てて手を振った。「そっちの方は全然大丈夫。第一、そんな甲斐性《かいしょう》ないから。だらしないと言ったのは、日常生活全般」

「じゃあ、たいしたことないじゃない」

「そんなことないわよ。この前、実家に用事があって二日家を空けたの。帰ってきたら、家中、無茶苦茶。まず玄関に二日分の新聞とチラシと郵便物の山、あ、それと宅配便の段ボール箱も。ダイニングに入ったら、テーブルと流しに洗ってない食器の山。リビングは脱いだ服が散乱。バスルームに行ったら、二日間のお湯がそのまま――。もう気が狂いそうになったわ」

淳子の言葉に昌恵はおかしそうに笑った。

「笑い事じゃないわよ。私、主人と子供たちに大声で怒鳴りまくったんだから」

「淳子みたいなおしとやかなお嬢さんが怒鳴るの？　その姿はちょっと想像つかないけど」

「私だって、もう女子大生じゃないのよ。主婦を十年以上もしたら、おしとやかではやってられないわ」

昌恵は、ふーんと妙に感心したようにうなずいた。

「だらしないなんてもんじゃないのよ。小学生の二人の子供の方がまだましよ」

「御主人、たしか趣味の多い人って聞いてたけど」

「何一つ究《きわ》めたものはないのよ。全部ちょこっと齧《かじ》ってはやめという、典型的な中途半端」

「お仕事の方はどうなの?」

昌恵に訊かれて、淳子は大きなため息をついた。

「仕事も全然。今の職場もリストラされるかもしれない。そうなったら三度目の転職だわ」

「本当?」

「本当よ。今も苦情受付係みたいな部署にいるんだから。あ、この部署は出来の悪い社員の掃《は》溜《き》《だ》めみたいな部署なの。そんなわけで、仕事はダメ、日常生活はだらしない——で、いいとこなしなのよ」

淳子は夫の写真を指でつまんでひらひらさせながら、うんざりした顔をした。

「変なこと、訊いてもいい?」と昌恵。

「どうしたの急に、真面目な顔をして?」

「前から気になっていたんだけど——」昌恵は言葉を選ぶように言った。「どうして井場《いば》さんと結婚したの?」

「ん?」

「失礼な言い方だったら、ごめんね。淳子が結婚する時、私たち、カズとかヨリとかと言ってたのよ。淳子なら、もっといくらでもいい人を手に入れられたんじゃないのって」

淳子は昌恵のあけすけな言い方に苦笑した。学生時代の写真を見ているうちに、気分が当時の乗りになったのだろう。昔はお互いに友人の彼氏のことも平気で貶《けな》しあっていた。

「だって、淳子は一流会社のOLだったし、美人だし。でも、井場さんは――」

「三流大学出身で、中小企業勤め、見栄《みば》えは悪いし、おまけに生活もだらしないときてる」

淳子が指を折りながら自嘲《じちょう》的に言った。さすがに昌恵もちょっとバツが悪くなったのか、ごめんなさいというふうに肩をすくめた。

「いいのよ。結婚した当初はいろんな人に同じこと言われたから」

「そうなんだ！」

「でもね」と淳子は言った。「あの人は魅力がゼロというわけじゃないのよ。主人は何と言うか――一種の生命保険みたいなものなの」

「どういう意味？」

「わかりにくい喩《たと》えだったね」淳子は笑った。「でも、結婚したのにはちゃんと理由があるの」

昌恵はうなずいた。

「今まで誰にも話していなかったことがあるの」

弘之《ひろゆき》と結婚したのは自分でも意外だった。

淳子にアプローチしていた男性社員は少なくなかった。その中には事業部のエースと呼ばれていた松本光一《まつもとこういち》もいた。松本のことは淳子も憎からず思っていた。一度、映画に誘われ、その晩にお付き合いを申し込まれた。淳子は少し考えさせてほしいと答え、その場ではきちんとした返事はしなかった。けれど心の中ではイエスと言っていた。次の週にちゃんと返事をしようと思っていた。

多分、あのことがなければ、松本と付き合っていたに違いない。それなら弘之とは結婚しなかっただろう。

その週末、事業部と下請《したう》け会社の打ち上げの飲み会があった。弘之は下請け会社の社員だった。淳子は何度か仕事で顔を合わせていたが、個人的な話をしたことはなかった。

一次会で焼き肉を食べた後、事業部と下請け会社の若手が何人かで二次会に繰《く》り出した。

事件は二次会のスナックで起こった。

淳子がトイレに行こうとした時、フロアーで躓《つまず》き、見知らぬ男たちがいるテーブルに手をついた。その時、グラスが倒れ、水割りが男の一人の服にまともにかかってしまった。

淳子は謝ったが、パンチパーマの男は酒に濡れた服を見て、口元を歪《ゆが》めた。

そのテーブルにいた四人の男たちは全員派手なカラーシャツに光りものを身に着けていて、堅気《かたぎ》でないのは明らかだった。淳子は男の誰かが自分の足を引っかけたと思った。しかしそれを言う勇気はなかった。ここはとにかく謝って許してもらうしかない。

大きな体をした凶暴な熊のような男が不気味な笑みを浮かべながら、「お姉ちゃん、とんでもないことをしてくれたな」と低い声で言った。それからパンチパーマの男を見て、「どうします？」と訊いた。どうやらパンチパーマの男がボス格らしかった。

パンチパーマの男は詫《わ》びの代わりにテーブルで酌《しゃく》をしろと言った。淳子は泣きそうになった。その時、異変に気付いた男子社員たちがやってきた。そこには松本光一もいた。

松本は男たちに「言いがかりはやめろ」と言った。その途端、場の空気が一変した。

それまでにやにや笑うだけだった男たちは笑うのをやめた。熊のような男が憤怒《ふんぬ》の形相《ぎょうそう》で立ち上がった。見上げるような巨人で、淳子はプロレスラーかと思った。

男はいきなり「舐《な》めてるのか！」と怒鳴ると、松本の胸倉を両手で摑《つか》んで引き上げた。瘦《や》せた松本の足が床から離れた。

「お客さん、暴力はやめてください！」

店のバーテンが飛んできて、震える声で言った。

「まだ暴力は振るってないやろうが」男はドスの利《き》いた声で言った。「しかしこの男の態度次第では、ただじゃ済まさんぞ」

「やめてください」

男に胸を摑まれた松本は泣きそうな声で言った。男は松本を床に叩《たた》きつけるように離した。松本は床に尻もちをついた。

「この姉ちゃんが俺たちの服を汚したんだ。俺たちはあくまで被害者だ。きちんと詫びてもらおうというだけの話だ。言いがかりでもなんでもない」

熊のような男が言った。バーテンは困ったような顔をした。

淳子は何度も頭を下げながら「クリーニング代を出します」と言った。

「クリーニングしても、酒が浸《し》みこんだ服はもう元には戻らない」

「じゃあ弁償します」

「ふざけるな！」

熊のような男は店内に響き渡るような声で怒鳴った。店内は静まり返った。「俺らの服はあんたの安月給で弁償できるような安物じゃない」

「どうしたら許してくれるんですか」

淳子は半泣きになって言った。

「だから、テーブルに着いて、俺たちに酌してくれたらいいんだよ」

男はそう言うと、淳子の腕を摑んで、強引に横に座らせた。

淳子は助けを求めるように男子社員たちを見た。しかし明らかにヤクザ者の恐ろしい剣幕に、誰も淳子を助けようとする者はいなかった。松本もさっきのショックからか震えていた。

「姉ちゃん、別嬪《べっぴん》さんだなあ」

パンチパーマの男が隣に座った淳子の顔を見てにやりと笑った。男の目が自分の体を舐めまわすように見ているのがわかった。

「いい脚をしてるな」

男は淳子の太股《ふともも》をそろりと撫《な》でた。そのおぞましい感触に淳子は悲鳴を上げた。

「やめろっ！」

突然、男を制止する声が聞こえた。見ると、小太りの男が前に立っていた。弘之だった。

「彼女から手を離せ」

弘之はそう言うと、パンチパーマの男の腕を摑んでねじあげた。

「貴様、何してるんだっ！」

大男がいきなり弘之を殴《なぐ》った。弘之は二メートルも吹っ飛んだ。店内に悲鳴が響いた。

立ち上がった弘之の鼻からは血が噴《ふ》き出し、白いシャツが真っ赤に染まっていた。しかし弘之はよろよろと立ち上がると再びテーブルに近付き、「彼女から手を離せ」と言った。

「お前、ヒーローのつもりか」

男は弘之の腹を殴った。弘之はうずくまったが、苦悶《くもん》の表情を浮かべながらも再び立ち上がった。

「ぼくを殴ることで気が済むなら、いくらでも殴れ」

弘之の言葉は男たちを余計に逆上させたようだった。

「おう、そこまで言うんだったら、ここで指を詰めてやろうか」

金髪の痩せた男がドスを取り出してテーブルの上に置いた。

「それで彼女を許してくれるなら、やればいい」

弘之は平然と左手をテーブルの上に置いた。

「お前、俺らを舐めてるな。俺たちはやると言ったら本当にやるぞ」

二人の男が弘之の左腕を摑んでテーブルに押さえつけた。

「女の前でいいかっこしやがって――。一生後悔するぞ」

淳子は「やめて、やめて！」と叫んだ。「誰か、助けて！」

しかし同僚たちは震えるばかりで、誰も男たちのテーブルには近付こうともしなかった。

「やるなら、やれ！」弘之は言った。「彼女にお前たちのホステスみたいなことをさせてたまるか。彼女の誇《ほこ》りを護るためなら、ぼくの指一本くらい安いものだ。早くやれ！」

弘之はそう言うと、左手を押さえられたまま、自ら椅子《いす》に腰かけた。男たちは指示を仰ぐように、パンチパーマの男を見た。

男は顔の前で手を振った。弘之の腕を押さえていた二人の男は、弘之から手を離した。

「サラリーマンにもこんな肝《きも》の据《す》わった男がいるとはな」

パンチパーマの男はそう言うと、くるりと背を向け、出口の方へ歩いて行った。三人の男も慌ててその後を追った。

男たちが出て行った後、淳子は弘之の顔を見た。弘之は照れくさそうに笑いながら、ふうーっと大きなため息をついた。

淳子が弘之を食事に誘ったのは、その一週間後だった――。

「びっくりする話ね」

淳子が話し終えると、昌恵が心底驚いたように言った。

「けど、井場さんにそんな一面があったなんて、すごいわね」

「実を言うといまだに私も信じられないんだけど――」淳子は笑いながら言った。「人は見かけによらない典型ね」

「そういうものかもしれないね。強そうな人が、いざとなればからっきしということはよくあるものね」

「主人はふだんはダメ男だけど、いざとなれば私を護ってくれる男らしさがあるのよ」

「それって、素晴らしいことだと思うわ」

　昌恵は感心したように言った。

「ありがとう」

「けど、どうなんだろう」昌恵はちょっと考えるように言った。「人生で、そういういざって時がそんなにあるのかな？　たとえば、さっきの話みたいな状況って、一生に一回あるかないかだと思わない？」

　言われて、淳子は一瞬返事に詰まった。

「結婚十年で、いざという時があった？」

「一度もなかったわ。でも、人生って何が起こるかわからないじゃない。いつか私や家族に大変な危機が訪れるかもしれない。でも、その時はきっと主人が護ってくれるっていう安心感は大きいのよ」

「なるほど、それでさっき生命保険みたいなものって言ったのね」

「そういうこと」

「けど、生命保険って、実際にはまず役に立つことってないわけでしょう。役に立たない時は、保険料の払い損よ」

昌恵の皮肉に淳子は苦笑した。

「もし大変な危機が訪れないまま一生を終えたら、主人を夫にした私が損したってこと？」

「そこまではっきり言ってないわ」

「言ってるみたいなもんじゃない」

二人は大きな声で笑った。

でも、と淳子は笑いながら思った。仮に一生そんなことが起こらなくても、私は満足だ。生命保険が無駄になって後悔する人はいないはずだ。もしかしたら、あの時、弘之が見せてくれた侠気《おとこぎ》は一生に一度のことかもしれない。もしかしたら、彼が持っていた勇気をあの時、全部使ってしまったのかもしれない。もう全然残っていないのかも――。それでもかまわない。

「じゃあ、写真しまっておくわ」

淳子がテーブルの上にあった写真をまとめて箱の中に入れようとした時、箱の底に一枚の写真が裏返しになっているのが見えた。そこにはマジックで「劇団嘘八百」と書いてあった。そう言えば、夫は大学時代、友人と遊び半分で劇団を作ったことがあると言っていた。

何気なく写真を手に取って表をめくると、夫を含めた五人の男たちがふざけた恰好《かっこう》でポーズを取っていた。淳子は思わず叫んだ。

「あの時のチンピラじゃない！」

痴漢

「いい加減にしてよっ！」

満員電車の吊革《つりかわ》を摑《つか》んだまま うとうとしていた木津英男《きづひでお》は、女の叫び声で目が覚めた。

「いい年して、恥ずかしくないの。おじさん」

目の前に立っていた髪の長いＯＬ風の女が振り向きざまに言った。

英男が何か言おうとする前に、女は英男の手を握って頭上にかざし、「この人、痴漢です！」と大きな声で言った。車内の人間が一斉に二人を見た。英男は慌《あわ》てて手を振りほどこうとしたが、女に強い力で握られていたのと、ぎゅうぎゅう詰めのために身動きが取れなかった。女は一七〇センチ近くあり、小柄な英男よりも背が高かった。

「違います。誤解です」

英男は否定したが、女は聞く耳も持たずに、「卑怯者《ひきょうもの》！」と怒鳴った。

「見てましたよ」

英男の右隣に立っていた中年のサラリーマン風の男が言った。「あなたはたしかに彼女の体を触っていました」

「俺も見てたよ」

左隣の学生風の男が言った。

「ちょっと待って――。私じゃない。勘違いです」

「何を言ってるのよ。この手で、私のお尻をずっと触っていたじゃない！」

「駅員を呼びましょう。私が証人になります」

中年風の男が言った。

大変なことになったと英男は思った。しかし話せばわかるはずだ。落ち着いて説明したら、きっとわかってもらえる――。

次の駅に着いた時、英男は二人の男に両腕を取られて電車を降りた。その異様な光景にホームにいた乗客は露骨に注目した。

「駅長室に行こう」中年男は言った。

「待ってください。話を聞いてください。私は何もしていません」

「嘘《うそ》つき！　このハゲ」女が叫んだ。

「嘘じゃありません。本当に何もしていないんです。信じてください」

若者が苛々《いらいら》したような口調で、「警察に連れて行きましょうよ」と言った。

「警察は、やめてください」

「悪いことをしていないのだったら、警察で堂々と言えばいいじゃないか」

英男はもがいたが、痩《や》せて非力な彼には、二人の男の腕を振りほどくことはできなかった。

「あんた、年は？」と中年男が訊いた。

「四十九、いや五十です」

「五十にもなって恥ずかしくないのか。仕事は？」

「職人です。家具を作っています」

「経営者か？」

「いいえ」

「じゃあ、痴漢したことがばれたら、職場もクビになるな」

英男はぞっとした。男の言うように裁判になれば、無実であることを証明するのは容易ではない。無罪を勝ち取るまでには何年もかかるし、その間に自分の暮らしは完全に崩壊するだろう。それに警察に行けば、鞄の中のものもすべてあらためられる。

英男の脳裏に幼い二人の娘の顔が浮かんだ。二人は小学校の三年生と一年生だ。父親が痴漢で警察に捕まったとなれば大泣きするだろう。妻は信じてくれるだろうが、大きなショックを受けるのは間違いない。

「お願いです――」と英男は小さな声で言った。「お金を払うから、勘弁してください」

「お金で済まそうなんて、どこまで汚い男なのよ！」

と女がヒステリックに叫んだ。

「いくらでも払いますから」

英男がそう言うと、中年男の頬《ほお》がわずかに緩《ゆる》んだ。

「そんなことを言って逃げようと考えてるなら甘いよ。とにかく警察に行くんだ」

「逃げも隠れもしません。住所も全部言いますから」

中年男が周囲を見渡した。いつのまにか物見高い野次馬の姿もほとんどいなくなっていた。帰宅を急ぐ乗客たちも、それほど暇ではない。

「あんた、本当に謝罪する気があるのか」

中年男の言葉に、英男はうなずいた。

「女性がどれほど傷ついたかわかってるのか？」

「わかっています。金でかたがつくことではないですが、誠意を見せたいと思っています」

女はぶすっとして黙っていた。

「――十万円支払います」

「私の心の傷が十万円なの！」

「やっぱり警察に行きましょう」

若者が英男の腕を引っ張った。

「二十万円、払います」

「ふざけないでよ」

「五、五十万円、支払います」英男は掠《かす》れた声で言った。「これ以上は払えません」

女がちらっと中年男の顔を見た。

「本当に五十万円支払う気があるのか？」

「あります。今は現金の持ち合わせがありませんが、必ずお支払いします」

「私の心の傷はお金なんかじゃ消せないわ」

「お嬢さん」と中年男はたしなめるように言った。「この男も十分反省しているみたいだ。あなたの悔《くや》しさもわかるけど、この男の人生を潰《つぶ》してしまうのもどうかと思う」

女は英男を睨《にら》んだが、「本当に払ってくれるの？」と言った。

「ATMで今すぐお金を下ろして払います」

「その前に、身分証明書を出せ」

中年男に言われて、英男は勤めている工場の社員証と運転免許証を出した。中年男は手帳に英男の名前と住所、それに携帯電話の番号を控えた。

「可愛《かわい》い娘がいて、こんな真似して恥ずかしくないのか」

中年男は携帯電話の待ち受け画面の家族写真を見て言った。「一筆書いてもらおうか」

英男は中年男に言われるままに、女の手帳に謝罪文を書いた。女の名前は三沢朱江《みさわあかえ》といった。書きながら屈辱で顔が真っ赤になった。途中何度もボールペンを持つ指が震えた。

「よし、取りあえず、ATMに行こうじゃないか」

英男は中年男と若者に両腕を摑まれたまま、駅を出た。ATMはすぐにあった。引き出し額を打ち込む時になって、五十万円という金額のすごさに気付いた。動顚《どうてん》していたとはいえ、とんでもない金額を口走ってしまった。いくらなんでもあんまりな額だ。しかし今更、安くしてくれと頼んでも無理だろう。

泣きたい思いで金を引き出すと、外で待っていた女に渡した。

「もう、こんなことするなよ」

中年男は英男の頭を拳《こぶし》で叩《たた》きながら言った。女がそれを見て笑った。

三人が去ってから、英男は深いため息をついた。五十万円は痛かったが、何とか破滅を免《まぬか》れた。それだけが救いだったと思うことにしたが、屈辱感はなかなか拭《ぬぐ》うことができなかった。


英男が帰宅すると、幼い二人の娘が出迎えてくれた。

「お仕事、御苦労さま」

妻の仁美《ひとみ》が優しく声を掛けてくれた。気立てのいい妻で、結婚して十年になる。

仁美は自分のことを善良で優しい夫と思っている。その気持ちを裏切りたくはなかった。何度かの転職を経《へ》て、やっと摑んだ幸せだ。五十万円は痛かったが、妻や娘たちの傷付く顔を見ないで済んだことを思うと、これでよかったと思った。

「はい、パパへのお誕生日プレゼント」

美加《みか》と麻里《まり》が英男の前にやってきて、包みを恭《うやうや》しく捧《ささ》げた。

「これを、パパに？」

二人は嬉しそうに笑った。

英男は包みを受け取ると、「開けてもいいかい？」と訊いた。二人は揃《そろ》ってうなずいた。

「何かなあ？」

歌うように言いながら、包みを開けた。中に入っていたのは、野球帽だった。

英男はいつも木工職人として仕事をしている時はキャップを被《かぶ》っているが、その帽子はもうかなり傷んでいた。彼は娘たちがそれに気付いていたことを知り、胸が熱くなった。

「ありがとう」英男は二人の娘を抱きしめた。「パパからもお返しをあげなくちゃな」

鞄から最新のゲームソフトを取り出すと、二人の娘は歓声を上げた。

「自分の誕生日なのに、パパがプレゼントしてる」と妻の仁美が言った。

「家族の喜ぶ顔が、ぼくにとっての一番の贈り物なんだよ」

「あなたは自分のことには全然お金を使わないのね」

妻の言葉に胸が痛んだ。今日、自分のことのために五十万円も使ってしまった――。


十日後、英男の携帯に見知らぬ番号から着信があった。

ちょうど椅子《いす》を一つ仕上げて休憩しているところだった。電話に出ると、三沢朱江だった。

三沢はいきなり、今精神科に通っていると言った。

「医者が言うには、精神的なダメージを受けていると言うのよね」

携帯電話を握っている右手に嫌な汗が出た。

「慰謝料を請求してもいいと言われたから」

「謝罪はもうしましたよ」

「払わないつもりですか」

「当然でしょう。五十万円も支払ったんですよ」

「そうですか。じゃあ、今から警察に行きます」

英男は「待ってください」と言ったが、そこで電話が切れた。

英男は慌てて、着信履歴から掛け直した。

「何ですか？」三沢が出た。

「慰謝料として、いくらかはお支払いします」

「わかりました。弁護士の先生と相談して、また電話します」

その日の夕方、彼女から電話があり、「三十万円を払ってほしい」と言ってきた。英男は会社の帰り道、彼女が指定した口座に三十万円を振り込んだ。三沢には、これ以上は払えませんよと念を押した。女はわかったと言った。


一週間後、英男の携帯にまた三沢から電話があった。

「何ですか。もう用はないはずですが」

「私、あれからずっと仕事を休んでるんです」

今度は何を言うつもりなのかと英男は身構えた。

「あの事件以来、精神的におかしくなって、会社に行けなくなってしまったんです」

「謝罪はしたはずです」

「弁護士の先生に相談したら、休業補償を要求するべきだと言われました」

「もう、これ以上は払えません」

英男ははっきり言った。

「じゃあ、今から警察に行きましょう。私はそれでもいいのよ」

「警察に行ったら、今まで払った金も返さないといけなくなりますよ」

三沢は黙った。

次に受話器から聞こえてきたのは男の声だった。

「私は彼女の上司だが――」

英男はその声に聞き覚えがあった。声色《こわいろ》を変えてはいるが、電車の中で英男の腕を摑んだ中年男に似ている。

「今から会社に来てもらえるかな」

「今からですか？」

「ああ、電話じゃ埒《らち》があかない。それとも、うちが今からお宅の会社に行こうか」

「わかりました。今日の夜にでも伺《うかが》います」

三沢朱江の上司と名乗る男は会社の住所を言って電話を切った。

英男は自分がアリ地獄にはまり込んだような気分になった。この十五年間はずっと木工職人として真面目に仕事をしてきたのに、なぜこんな目に遭うのか――。絶望的な気持ちになった。

夜、仕事を終えてから、指定された場所に赴《おもむ》いた。エレベーターもない四階建ての古い雑居ビルだった。

英男は細い階段を上がって、三沢朱江が勤めているという三階の会社を訪ねた。ドアの前に

「ロイズ興業」という名前があった。

英男がドアをノックすると、中から「おう」という声が聞こえた。中に入ると、男が二人いた。サングラスをかけた中年男と若い男だった。サングラスの男はやはりあの時の中年男だったが、若い男は見覚えがなかった。

英男はおずおずと「三沢さんは？」と尋ねた。

「帰ったよ」サングラスの男が言った。「お前の顔も見たくないだとさ」

「あなたは駅にいた方ですね」

「知らんな。あんたとは初対面だ」

男は平然と言った。あの時は地味な背広に黒縁の眼鏡を掛け、髪も七三に分けていたが、今はオールバックにサングラス、それにピンク色の派手な開襟シャツを着ていた。しかし英男はあの時の人物だとわかっていた。一度見た人間の顔を忘れないのは、彼の特技の一つだった。

英男はようやくにして、嵌《は》められたことに気が付いた。こいつらはグルだったのだ。

「うちの三沢君が、君にされたことで、精神的に苦痛を感じていてね」

男は言った。「それでずっと休業してるんだ。彼女は優秀な社員でね、これはうちの会社にとっても非常に大きな損失なんだ」

英男は黙っていた。

「弁護士先生に相談したところ、会社からも損害賠償を請求できると言われてね」

男は引き出しから一枚の書類を出して、英男の目の前に出した。そこには、損害賠償の請求金として三百万円と書かれていた。

「こんなお金はありません」

「マンションを売ればいいじゃないか」

男はにやりと笑って言った。「しがない木工職人のくせに、けっこういいマンションに住んでるじゃないか」

英男は男たちがそこまで調べていることに驚いた。おそらく法務局で登記簿も見ていることだろう。

「こっちには、あんたが痴漢を認めた証言テープがあるんだよ。証人もいるしね。出るところに出たら困るのはそっちだよ」

まさか録音までされているとは思わなかった。

「でも、三百万円という額は無茶です」

「ごちゃごちゃ吐《ぬ》かすな！」後ろに座っていた若い男がいきなり怒鳴った。「いい年して若い女のケツを触ったんだろうが！」

若い男は英男の座っていたパイプ椅子を蹴《け》った。椅子が外れて英男は床に尻もちをついた。

「暴力はやめなさい」

サングラスの男が丁寧な口調で言った。

「この野郎が、ぬるいこと吐かすもんで」

「ちょっと動顛しただけだよ。木津さんは自分のしたことをわかっているよ」

英男はパイプ椅子を元に戻して座りなおした。

「おっさん、わかってるのかよ」

若い男はそう言って、英男の頭に手をやると、薄い髪の毛をぐしゃぐしゃにした。

「わかりました。お支払いします」

英男の言葉を聞いて、サングラスの男は笑みを浮かべた。

「話せばわかる人と思ってましたよ。可愛い二人の小学生の娘さんもいることだしね」

娘のことを言われてぞっとした。

英男は今更ながら、最初の対応のまずさを悔《く》やんだ。あの時にきちんと処理すべきだったのだ。しかし、あの時はそうできない事情があった。鞄の中にまずいものが入っていたからだ。処分しようと十五年ぶりに持っていたのだが、ついていないとしか言いようがなかった。

「三百万円は大金なので、すぐには払えません」

「いつなら払えるのですか?」

英男はすぐには返事ができなかった。

「うちがサラリーローンを紹介してもいいですよ」

「いや、自分で用意します」英男は言った。「来週なら、何とかできると思います」

「それでは来週、お待ちしてますよ」

英男が部屋を出ようとした時、若い男が英男の尻を蹴った。英男は前につんのめり、ドアに鼻をぶつけた。

「おい、ドアを壊すなよ」若い男が笑いながら言った。「弁償させるぞ」

痛む鼻に手をやると、指にべっとりと鼻血が付いた。

英男はビルの暗い階段を降りながら、来週はどうしようと思うと、絶望的な気分になった。

＊　＊　＊

「うわー、こりゃすげえ！」

雑居ビルの三階の部屋に足を踏み入れた刑事の西川《にしかわ》は、思わず大きな声を上げた。中にいた数人の警官が一斉に振り向いた。

先に現場に乗りこんでいた刑事の守岡《もりおか》がそばにやってきた。

「抗争事件ですか？」

「わからんな」

「ロイズ興業って、どこの組ですか？」

「マル暴の連中によると、単なるチンピラらしい。いろいろ怪しげなシノギをしていたらしいが、抗争になるようなヤマは踏んでる連中じゃないということだ」

西川はあらためて部屋に倒れている死体を見た。死体は全部で四体あった。男が三人と女が一人だった。床一面に広がっている血痕《けっこん》はすっかり固まっていて、どす黒く変色していた。犯行後、少なくとも一日は経《た》っている。

「金庫は開けられているし、パソコンは完全に破壊されている。資料類は一切合財《いっさいがっさい》やられてると見ていいかもしれんな」

「凶器は何ですか？」

「ハジキだな」守岡は言った。「ただし、非常に特殊な弾丸を使っている。体の中に入った途端、弾頭が破裂するような弾丸だ」

「それって――」

「ホローポイント弾――殺傷能力の極めて高い弾丸で、プロの使うやつだ」

「すると、これはプロの仕業ですか」

「十中八九《じっちゅうはっく》な」

先輩刑事の言葉に西川は唸《うな》った。

「昔、俺がまだ駆け出しの頃、同じ弾丸が使われた殺しがいくつかあった。ガイシャは皆、大物組長だった。殺《や》ったのはとびきりのプロだ。しかし十五年前にぴたりとなくなった。噂《うわさ》では、死んだか引退したか、ということだったが――」

「そいつがまた現れたということですか？」

守岡はうなずいた。

「でも、なぜこんなチンピラ連中が狙《ねら》われたんでしょう？」

「おそらく、こいつらは――」

守岡は床に転がっている死体を顎《あご》で指しながら言った。

「何かの間違いで、虎《とら》の尾を踏んじまったんだろう」

ブス談義

「退屈な披露宴だったな」

東田《ひがしだ》がため息をつくように言った。すぐに谷口《たにぐち》が「まったくだ」と応じた。

町村由宏《まちむらよしひろ》も二人の意見に同意した。

高校時代の友人である栗原《くりはら》の結婚披露宴が終わって、ホテルのラウンジでコーヒーを飲んでいるところだった。由宏が東田と谷口に会うのは数年ぶりだった。二人とも高校時代の同窓生で、この日は栗原の披露宴のためにわざわざ上京してきたのだった。

「けど、栗原の嫁さん、ブスだったよなあ」と谷口。

「栗原が美人と結婚できるはずがないじゃないか」

東田が馬鹿にするように言った。二人とも口の悪さは高校時代と変わらない。友人の妻だろうが気にしなかった。

「これからどうする？」由宏は二人に訊いた。

「夕方の新幹線で帰るよ。明日も仕事だしな」

東田の言葉に谷口もうなずいた。二人は故郷の役所に勤めていた。

「地元の景気はどう？」

「よくないな。公共事業がばたっと減ったからな」

「税収も減って、役所の予算も厳《きび》しいよ」

しかしそういう二人の言い方はまるで他人事《ひとごと》の風だった。由宏はうなずきながら、公務員は気楽なものだと思った。

「町村はいいよなあ。二十三区内のマンションなんだろう。やっぱり医者は儲《もう》かるんだなあ」

「いや、大学病院の勤務医の給料はそれほど高くないよ」と由宏は答えた。

「役所の安月給よりはずっといいだろう」

由宏は敢《あ》えて否定しなかった。たしかに給料は悪くはないが、その大半はマンションのローンに消えていることなど、二人に説明してもわかってもらえないだろう。

その時、由宏の妻の真美《まみ》がラウンジの入り口に姿を見せた。今日、真美と披露宴の帰りにホテルで合流しようと約束していたのだ。由宏はきょろきょろしている真美に手を振った。

真美がテーブルにやって来た。由宏は二人に妻を紹介した。

「初めまして、町村の家内です」

東田と谷口も自己紹介した。

「噂《うわさ》には聞いてたけど、すごい美人だな」

東田が感心したように由宏に言った。ラウンジ内の他の客も華《はな》やかな真美の方をちらちらと見やっている。

「本当だ。別嬪《べっぴん》さんだよ。それに、若い！」

谷口の言葉に、真美ははにかむように俯《うつむ》いた。

「若くないです。もう三十六歳ですよ」

「へえ！　ぼくらと同じ年ですか。二十代半ばかと思っていました」

谷口の言葉がお世辞でないのは、由宏にもわかっていた。真美はどこへ行っても二十代半ばで通用する。妻の美しさはちょっとした自慢だった。今日、ホテルで落ち合うことにしたのも、半分は二人に妻を見せたかったからだ。

「若づくりしてるんだよ」

由宏の言葉に、真美はふくれてみせたが、本気で怒っていないのは由宏にもわかっていた。

「町村は披露宴はしなかったのか。それとも俺たちだけ呼ばなかったとか？」

東田が軽く非難した。

「すまない。ハワイで二人だけで挙げたんだ」

「俺なら、こんな美人を妻にしたら、絶対、大々的に披露宴をするなあ」

谷口の言葉に東田も同意した。

「奥さんは、女優の鈴木京香《すずききようか》に似ていますね」東田は真美の顔をまじまじと見た。「似てるって言われるでしょう」

真美は顔の前で手を振った。「全然似てませんよ」

「いや、似てますよ。なあ、谷口」

じっと真美の顔を見ていた谷口が、「あっ、思い出したぞ！」と声を上げた。「町村は昔、鈴木京香のファンだったんだ」

「そうだった！」東田が声を上げた。「鈴木京香みたいな美人と結婚するって高校の時よく言ってたよな」

由宏は苦笑《にがわら》いした。

「そうなの？」と真美は由宏の方を見た。「そんなこと全然聞いてなかったわよ」

由宏は「覚えてないよ」と言って誤魔化《ごまか》したが、それは嘘《うそ》だった。由宏が真美に惹《ひ》かれた一番の理由が実はそれだった。ただ、東田と谷口がそんなことを覚えていることに少し驚いた。

「それに比べて、今日の披露宴の新婦ははっきり言ってブスだったな」

東田がまたさっきの話を蒸《む》し返した。

「はっきり言い過ぎだろう」谷口が笑った。

「事実だから仕方がない。いくら友人でも、嘘は言えないからな」

「まあ、栗原は昔からブス好みで有名だったからな」

谷口が言うと、由宏と東田も笑った。

「バスケ部の伊東《いとう》いずみと付き合っていたくらいだからな」

「あれはバスケ部というよりも相撲《すもう》部だよ」

真美も思わず噴《ふ》き出した。

「まあ、うちの学校は伝統的にブスが多かったのはたしかだ」

「ブスと言えば、数学の越田《こしだ》はひどかったな」

東田の言葉に二人の男はうなずいた。

「あれは別格だよ」

「誰ですか？　その人」

真美が訊いた。

「独身のオールドミスの数学の先生でね」東田が説明した。「ものすごいブスだったんです。しかも凄まじい厚化粧で」

「あれは暴力だな」

「暴力って、どういう意味ですか？」

「ブスにもランクがあるんです。あるラインを超えると、その醜さは暴力的になるんですよ」

「ひどい言い方！」

「この表現をしたのは、実はご主人ですよ」

「ええっ！」

真美は驚いた顔で由宏を見た。由宏は頭を掻《か》いた。

「この男、今は真面目なお医者さんでございという顔をしていますが、高校時代はなかなかの悪人だったんですよ」

「そうそう、とにかく口の悪さは天下一品」

「そうだったんですか」

「越田先生にも一度、先生は何でそんなにブスなんですかって授業中に言ったくらいですよ」

「まあ――」

「そんな言い方はしてないよ」由宏は抗議した。「あの時、越田は基本問題を間違えたんだよ。それで、ブスなんだから、せめて数学くらいしっかり教えてくださいって言ったんだ」

「そっちの方がひどいわ」

真美が怒ったような顔をした。

「そう言うなよ」由宏は言い訳するように言った。「越田先生はさっきも言ったようにものすごい厚化粧なんだよ。俺なんか前の方の席だから、化粧の匂《にお》いがぷんぷんするんだ。授業の終わりの方なんか、頭がくらくらして、たまらないんだよ」

谷口と東田が笑った。

「でも、ブスだけど、頭の中はものすごい数学が入ってるんだよな。たしか、数学に関しては県下一とか聞いたぞ」

東田が言うと、谷口がうなずきながら、「女としては、まったく無駄な能力だな」と言った。

真美は「もう！」と言いながらも、顔は笑っていた。

「ところで、町村はどうやってこんな美人の奥さんと知り合ったんだ？」

いきなり訊かれて由宏は返事に迷った。

「何て言えばいいのかな——旅先で知り合ったんだ」

「旅先ってどこだよ？」

「飛行機の中だよ」

「奥さんはスッチーだったの？」

「違いますよ」

真美は慌《あわ》てて手を振った。

「すると、機内ナンパ？」

「いや、そうじゃないよ」

由宏は仕方がないという風に説明した。

「五年前にニューヨークで学会があって、アメリカ行きの飛行機に乗ってた時、機内で病人が出たんだ。で、お医者様はいませんかというアナウンスがあって、俺が出ていったんだよ。すると、倒れていたのが、家内というわけ」

「本当かよ！」

「ドラマじゃないか」

二人が驚くのも無理はないなと由宏は思った。たしかにあれは映画のワンシーンのようなシチュエーションだった。

あの時は突発的な状況にも戸惑ったが、倒れている女性が女優の鈴木京香に似ていることにも驚いた。一瞬、本人かと思ったほどだ。もう一つ印象的だったのは、彼女が手に持っていた文庫本だった。それは『カラマーゾフの兄弟』だった。ドストエフスキーは由宏が高校生の頃からずっと愛読している作家だった。

「結局、単なる貧血だったんだけどね」

「それで、仲良くなったのか」

「医者は得だなあ」

谷口が羨《うらや》ましそうに言った。

「いや、その時は名前も訊かなかった」

「じゃあ、どうして？」

「帰りの空港で偶然会ったんだ。しかも同じ飛行機でね。さすがに運命的なものを感じたよ」

「何が運命的だよ。奥さんが美人だったから、仲良くなっただけじゃないか」

東田が言うと、谷口もそうそうと同意し、「ブスだったら、挨拶《あいさつ》して終わりだったろう」とかぶせた。これには由宏も苦笑するしかなかった。

「でも、ブスと言えば、やっぱり梶川《かじかわ》にとどめをさすよな」

東田がふと思い出したように言った。谷口が大きくうなずいた。

「あれは、ブスを通り越したレベルだからな」

「今度は何の先生？」

真美が訊いた。

「いや、ぼくらが一年生の時の同級生の女の子です。学校一のブスだったんですよ。あれはもう天然記念物級のブスだったなあ」

「梶川に比べたら、越田も敵《かな》わないかもな」と谷口。

「何しろ『砂かけばばあ』だからな」

「砂かけばばあって、妖怪の？」

「そう、『ゲゲゲの鬼太郎』に出てくる化けもん。水木《みずき》しげるの絵にそっくり」

「そんな女子高生いるわけないじゃないですか」

「それがいるんだから、びっくり」

「その渾名《あだな》を付けたのは、ご主人でーす」

谷口が由宏を指差した。

「それで結局、梶川は三年間、皆に砂かけばばあと呼ばれてたなあ」

「しかも町村は、よく梶川の似顔絵を黒板に描いてたくらいですよ。それがまた上手で――」

真美はじろりと由宏を見た。絵を描くことは、今も由宏の趣味の一つだった。高校時代は芸術大学へ進もうかと考えたこともあるくらいだった。

「一度、校庭に描いて問題になったよな」

由宏は東田がそんなことまで覚えていたのに驚いたが、その話は妻には聞かせたくなかった。

「何それ、教えて」真美が身を乗り出した。

「町村は、校庭に石灰で梶川のでっかい似顔絵を描いたんですよ。陸上競技で使うライン引きを使って」

「そんなことしたの?」

真美に訊かれて、由宏は仕方なくうなずいた。

「あの時は、校長室に呼び出されてものすごく怒られたよ。描くのは一時間くらいだったけど、消すのは五時間くらいかかったかな」

二人は、自業自得《じごうじとく》だよ、と笑った。

「ブスの話はもういいよ」

由宏は話題を逸《そ》らそうとした。

「お、どうした。人が変わったのか？」東田がからかうように言った。「ブスには人一倍厳しい男だったのに」

由宏は肩をすくめた。

「たしかに、俺はブスにはひどかった。けど、自分の娘が生まれて、反省したんだ。女の子の顔のことを嗤《わら》うもんじゃないって」

「由宏の子供は娘さんか。いくつ？」

「四歳だよ。今日は日曜保育に預けている」

「娘を持つ親になって、人の優しさが出たというわけだな」

谷口が面白がった。

「まあ、それもあるけど――。実を言うとな、俺の娘、ブスなんだよ」

「ちょっと、やめてよ。そんなこと言うの」

真美がきつく窘《たしな》めた。

「仕方ないだろ。本当なんだから」

由宏は冗談めかして笑ったが、真美は笑わなかった。

「けどなあ。自分の娘だと不細工《ぶさいく》でも可愛《かわい》いんだよ」

「奥さんが綺麗だから、不細工ってことはないだろう」

「どうやら俺に似たらしい。将来はまずもてそうもない」

「真由美《まゆみ》は不細工じゃないわ」

真美がきっぱりと否定した。「十分可愛いし——それに、ああいう顔は大きくなったら美人になるのよ」

「そうそう。小さい時に整った顔した子は、逆に大きくなって伸び悩むんだぜ。俺がそうだったからな」

おどけるように言う東田の軽口に真美も笑った。

「娘さんはマユミさんって言うんですか？」谷口が訊いた。

「私の名前に主人の名前を付け加えたんです」

真美の説明に由宏が補足した。「家内が真美だから、間に由を入れたんだ」

二人はなるほどとうなずいた。

「そう言えば——」と東田が思い出したように言った。「梶川の名前もたしか『真美』って言うんだよ」

「同じ名前か。名は体を表すというのは嘘だな」谷口が笑いながら言った。

「どうして梶川の名前なんて覚えてるんだよ」

由宏が言うと、東田は「お前が校庭に描いたからだよ」と切り返した。

「校庭の似顔絵の横に、梶川真醜って大きなタイトルを入れたじゃないか。それで覚えてるんだよ」

「ひどい！」真美は大きな声を上げた。「それ、本当なの」

「当時は十六歳で、ガキだったんだよ。自分がやってることがよくわからなかったんだ」

由宏は言い訳した。

「それにしても、町村は梶川にきつかったよな」

東田に言われて、由宏は「そうかもしれない」と素直に認めた。

「実は、梶川の目が嫌いだったんだ。何と言うか——人を恨《うら》みがましく睨《にら》むような目だったろう。いじめると、ますます暗い目をしてさ。だから、余計にいじめたくなってきたんだよ」

「梶川は単にそういう目の形をしてただけだったんだよ」

谷口が笑いながら、指で自分の瞼《まぶた》を押さえて、由宏の言う「恨みがましい目」をこしらえると、東田が「そっくりだ」と言った。

三人の男は笑ったが、真美だけは笑わなかった。

「皆さんのお話を聞いてると、不愉快になってきたわ。自分の夫がそんな高校生だったなんて、ちょっとショック」

真美の真剣な表情に、東田と谷口が慌てた。

「高校生の男の子って、本当に馬鹿丸出しなんですよ」

「そうそう、俺も、屋上からションベンしたことあるし」

「谷口、お前、そんなことしたのか？　フェンス乗り越えてしたのか？」

「いや、金網の間に突っ込んでしたんだ」

「お前のは細いから、いけるよなあ」

男たちは下品な冗談に大笑いした。真美もつい噴き出してしまった。

「梶川は一生独身だろうな」

谷口がまた話題を梶川に戻した。

「独身どころか、一生処女だよ」

「梶川とはセックスはまずできないなあ」

「越田とならできるか」

「無理」と谷口。

「どっちかとしないと殺すって言われたら、どっちを選ぶ？」

東田に訊かれて谷口が考え込んだ。

「究極の選択だな。顔は越田の方がまだましだけど、五十超えてブヨブヨだしなあ。若い分、梶川かなあ——。いや、あの顔見たら、勃《た》たないなあ」

「真剣に考えすぎだぞ」

「お前が訊くからじゃないか」

「町村はどうなんだ。どっちとならやれる？」

由宏は仕方なく答えた。「梶川がマスクでもかぶってくれれば、やれるかな」

「ちょっと！」真美が大きな声で割り込んだ。「男の人って、こんな会話ばっかりしてるの？」

「すいません、奥さん。でも、男の話題のほとんどは、女かエロなんで――」

谷口が謝った。真美もそれ以上は追及しなかった。

「梶川って、今頃どうしてるのかな」谷口が言った。「どこかで生きてるんだよな」

「梶川の両親は離婚したんだよ」東田が言った。

「なんで、お前がそんなこと知ってるんだよ」

「俺、住民課の戸籍係に配属になって最初にした仕事が、実は梶川の両親の離婚届の処理だったんだよ。それで妙に覚えてるんだ」

「へえ」

「子供の欄に梶川真美ってあるのを見て、あ、梶川とこの両親かって思ったんだ」

「初めての仕事って、記憶に残るよなあ」

「梶川は母親の籍に入って、名前が牛島《うしじま》真美になったことまで覚えてるよ」

「そんなことまで記憶してるんだ」

由宏は谷口と一緒に笑おうとしたが、自分の顔が引きつるのがわかった。「牛島」という姓は、妻の旧姓だった。まさか、そんなことが――。

その時、娘の真由美が梶川真美に似ていることに、初めて気が付いた。あの腫《は》れぼったい恨みがましい目はまさに瓜二《うりふた》つだ。なぜ今までそのことに気付かなかったのだ！

由宏は隣に座る真美の顔を見た。鈴木京香に似た美しい妻はにっこりと微笑《ほほえ》んだ。

「私の顔、好きでしょ?」

再会

デスクの電話を取ると、受付からだった。

「大下修一《おおしたしゆういち》さんという方がお見えです。端山《はやま》さんにお会いしたいそうです」

その名前を聞いて緊張した。大下って、まさか――。どうして、わたしがここにいることがわかったのだろう。

受付嬢はわたしの長い沈黙に、「いかがいたしましょうか？」と訊《たず》ねた。

「そこで待ってもらってください。すぐに下に降ります」

電話を切ったあと、大きなため息をついた。隣にいた営業二課の課長の遠藤弘《えんどうひろし》が「端山、どうした？」と訊いてきた。

「ちょっと顔を合わせたくない人が来たんです」

「それなら断ればいいだろう」

遠藤は不思議そうな顔をした。遠藤はわたしよりも三歳上の三十九歳で、一月《ひとつき》前、本社から赴任《ふにん》してきたエリートだ。

「会わないなんて言ったら、ロビーで大暴れしかねない男なんです」

「営業でトラブった相手？」

「わたしにとってはそれ以上に厄介《やっかい》な人です」

「一緒について行こうか」

遠藤は言いながら椅子《いす》から立ち上がりかけた。

「大丈夫です」

わたしは慌《あわ》てて言った。背は高いが優男《やさおとこ》の遠藤では、大下に向かっていったところで、一瞬で捻《ひね》りつぶされるだろう。何しろ大下はプロレスラー並みの体格をした大男なのだ。しかも腕っぷしは強くて気性が荒い。遠藤に怪我《けが》なんかさせたくない。

「すぐに済みます」

わたしはそう言うと、心配そうにこちらを見る遠藤を尻目に席を立った。

エレベーターに向かいながら、大下はどうしてわたしの職場がわかったのだろうとさきほどの疑問が甦《よみがえ》った。わたしの転職先は知らないはずなのに。それにこんな地方都市に住んでいることも。

どうやって知ったかわからないが、いきなりアポイントもなしでやって来たということは、決していい話ではないだろう。いや、彼が来るというだけで厄災《やくさい》だ。場合によっては面倒なことになるかもしれない。しかし一階のロビーには警備員がいる。

エレベーターを降りてロビーに着くと、大下の姿はなかった。長椅子には見知らぬ痩《や》せた男が一人座っているだけだった。

男はわたしの顔を見ると、神妙な顔で頭を下げた。それからゆっくりと椅子から立ち上がった。それが大下だとわかった時は本当にびっくりした。記憶にある大下とはまったく違っていたからだ。全身の肉がすっかり落ちて、貧相とも言える体つきになっていた。頰《ほお》もげっそりとそげ、昔の面影《おもかげ》はどこにもなかった。

「すいません。突然、お邪魔して――」

大下の弱々しい声に衝撃を受けた。以前は凶暴な熊のような体に合った野太い声だった。おまけに顔色がやけに悪い。

身構えていたわたしははぐらかされた気持ちになった。

「何のご用でしょうか？」

そう訊ねると、大下は恐縮したように頭を下げた。

あらためて大下を見た。ぶかぶかな背広が初めて制服を着た中学生みたいな感じだった。

「すいません」

大下は聞こえるか聞こえないかのような声で言った。以前の大下なら、わたしのさきほどの慇懃《いんぎん》な物言いに対してたちまち大声を張り上げていただろう。

「一度、深雪《みゆき》に」大下はそう口にしかけて、慌てて「端山さんに」と言い直した。

「きちんと謝っておきたいと思いまして――」

「謝るって、何をですか？」

「昔のことをです」と大下は言った。「端山さんには悪いことをいっぱいしました」

わたしの知っている大下はこんな丁寧《ていねい》な言葉遣いはしなかった。目の前にいる男は本当に大下なのだろうか。

「ぼくは本当に最低の人間でした」

「それを言いに、十年ぶりにやって来たのですか？」

「そうです」

わたしは十年前に離婚した元夫の顔をまじまじと見つめた。離婚原因はいろいろあったが、一番の理由は夫の暴力だった。

二人のやりとりを受付嬢が見ているのがわかった。

「それでしたら、もうすべて済んだことですので、結構です」

そう言うと、大下は深々と頭を下げた。そして「失礼しました」と呟くように言って、背中を向けた。

去っていく大下の後ろ姿を見て、少し呆気《あっけ》に取られた。

「ちょっと待って」

わたしが声をかけると、大下は立ち止まって振り返った。

「少し時間はあるの？」

大下は黙ってうなずいた。

「どこかでお茶でも飲まない？」

「ありがとうございます。でも、端山さんのお仕事の邪魔をしたくないので」

これがあの大下の台詞《せりふ》だろうかと思った。わたしの知っている大下は他人の状況など一切お構いなしだった。

「三十分くらいなら大丈夫よ」

わたしは躊躇《ちゅうちょ》している大下をリードするように自動ドアの方に向かった。大下はわたしに黙って従った。

会社から百メートルほど離れたシティホテルに向かった。そこは会社の同僚も滅多に来ない。途中、二人は一言も会話を交《か》わさなかった。大下は終始、わたしの少し後ろを歩いていた。

ホテルのコーヒーラウンジに座ると、わたしは「何にする？」と訊いた。大下は「紅茶をいただきます」と答えた。わたしはウェイターを呼んで、紅茶を二つ注文した。

「随分痩せたわね」

ウェイターが去ったあと、わたしは言った。

「病気をしてしまいまして――」大下は右腹を触った。「酒で、肝臓をやられました」

「自業自得《じごうじとく》ね」

そう言いながら、かつての夫の激しい酒グセを思い出していた。酒を飲むと手がつけられなかった。何度殴《なぐ》られたかわからない。瞼《まぶた》の上がざっくり割れて病院に駆け込んだこともある。その時の傷跡は化粧で隠してはいるが、今もうっすらと残っている。

「あなたのお酒には苦労させられたわ」

大下は泣きそうな顔をした。

「何度も暴力を振るわれたし」

「あの頃は――」と大下は絞り出すような声で言った。「申し訳ありませんでした」

「お酒だけじゃないわ」

大下は、わかっています、と小さな声で答えた。わたしは、何を今更と思った。心の中にずっと封印してきた怒りが甦ってきた。

大下は金遣いが荒く、ギャンブル狂だった。ひとたび競輪場に足をのばせば、給料の全額をすってしまうようなことをよくやった。わたしの給料があったから何とか暮らしていけたが、それがなければ家計は破綻《はたん》していた。

大下の博打好きは直らなかった。元手がなくなるとサラ金を使った。借金はしだいに膨《ふく》らみ、それにつれて賭ける額も増えていった。そしてしまいには競輪場に巣食う高利のヤミ金にまで手を出すようになった。そのたびにわたしが返済し、それでも足りない時はわたしが実家に泣きついた。それでも大下の性格は改まらなかった。酒量も増え、暴力の度合いも増した。

「本当に、申し訳ありませんでした」

大下は深く頭を下げた。そしてそのまま顔を上げようとはしなかった。

その時、バッグの中の携帯電話が鳴った。課長の遠藤から「今、どこにいる?」というメールだった。うっかり行き先を告げずに会社を出てきてしまったことに気が付いた。すぐに「ホテルのラウンジにいる」とメールで返信した。

「子どもは元気ですか?」

携帯電話をバッグにしまった時、不意に大下が訊いた。

「今年、中学生よ」

「そんな年齢ですか」

「自分の子どもの歳も忘れたの？」

大下は少しはにかんだような顔をした。それを見た時、急に懐《なつ》かしい気持ちになった。若い頃、この笑顔に惹《ひ》かれたことを思い出した。

大下との結婚には身内は皆反対した。大学を出て一流商社に勤めているわたしと、二歳年下で高卒の会社員の大下とではうまくいくはずがないと友人たちからも諭《さと》された。

最初の二年間は仲良くやっていた。しかし結婚三年目、大下が酒を飲み始めた頃から、夫婦仲にヒビが入ってきた。まもなく大下がギャンブルにのめり込み始めて完全におかしくなった。

結婚生活の終わりごろの暴力は本当にひどかった。完全にアル中に近い状態で、酔うと現実と妄想の区別がつかなくなった。わたしが残業などで遅くなると浮気を疑った。言い訳すると余計に逆上した。仕事中も携帯電話が何度も鳴った。電話に出ない日は、家に帰ると必ず殴られた。

あれは十年前のことだ。わたしが同僚の送別会で深夜に帰宅した時、大下は狂ったようにわたしを殴りつけ、最後は床に投げつけた。その時、鎖骨《さこつ》が折れた。わたしが離婚を決意したのは入院中のベッドの中だった。

大下と別れてからは再婚もせずに息子を育てながら、女手ひとつで頑張って働いてきた。転職を二度して三年前から今の職場にいる。

「あの頃はどうかしていました」大下が言った。

「お酒が入らなかったら、悪い人じゃなかった」

わたしの言葉に、大下は俯《うつむ》いたまま、「そうですか」と呟いた。

「俺、ずっと、深雪にコンプレックスを持っていたんだ」

「コンプレックス？」

「俺は高卒じゃないか。深雪は大卒のキャリアウーマンなのに」

「そんなこと、関係ないって、言ったでしょう」

「ああ、結婚する時に何度も言ってた。だけど、俺は深雪にずっと頭が上がらなかった」

わたしは黙って聞いていた。

「深雪はいつも俺に気を遣ってくれていた。俺の給料が少ないことも、全然、気にしなかった
――そんなそぶりは一度も見せなかった」

大下は訥々《とつとつ》と語った。

「深雪が俺の仕事のために海外転勤を断ったのを知っている。それは嬉しかったけど、俺の存在は深雪の仕事の足を引っ張っていると思った。それが辛《つら》かった。深雪に優しくされればされるほど、俺はダメな男だという気がした。深雪がいつか、俺を見限って、どこかへ去って行くような気がして怖かったんだ」

大下がそんな気持ちでいたなんて、まったく知らなかった。

「——それで、お酒を飲むようになったの？」

大下はうなずきかけたが、すぐに「いや」と言って首を横に振った。

「そんなことは言い訳にもならない。酒に逃げたのは、弱いからだ」

大下はそう言うと、またはにかんだような笑顔を見せた。わたしは、その笑顔を見て再び甘い記憶が甦った。

「あ、ここにいたのか」

突然、後ろから声をかけられた。振り返ると、遠藤課長だった。

「あ、課長」

遠藤は「ちょっといいかな」と言った。ちらっと大下に目をやる。大下は「どうぞ」と言った。

遠藤はわたしの横に座った。

「課長、紹介します。わたしの元夫です」

「え、そうなの？」

遠藤は驚いたような顔をしたが、すぐに大下を値踏みするように見た。

「わたしの上司の遠藤さんです」わたしが大下に遠藤を紹介した。

「知ってるよ。遠藤弘さんだろう」

大下が遠藤の下の名前まで告げたので、びっくりした。

「深雪に積極的に言い寄ってるな」

「ちょっと、大下さん」わたしは遮《さえぎ》った。「失礼が過ぎますよ」

言いながら、なぜ大下はそれを知っているのだろうかと訝《いぶか》った。遠藤がわたしに愛を打ち明けたのは先週のことだ。プロジェクトの打ち上げの二次会のあとのタクシーの中での出来事だ。「君のことがすごく好きだ！」と言われ、酒の酔いも手伝って、キスをした。このことは誰も知らないはずだ。

「深雪は彼のことが好きなのか？」

大下はわたしに訊いた。

わたしは答えなかった。彼がなぜ遠藤とのことを知っているのかはわからなかったが、もしかしたら、今日ここへやって来たのは、これが目的なのだろうかと思った。

「いくら端山さんの元御主人でも、失礼ではありませんか？」

遠藤が毅然《きぜん》として言った。

大下がぎろりと遠藤を睨《にら》んだ。その不気味な形相《ぎょうそう》に遠藤は体を固くした。

「妻とは別居中。いずれ別れるつもりだ」

大下が抑揚《よくよう》のない声で言った、わたしは、えっと思った。それはタクシーの中で、遠藤が言ったセリフだったからだ。

「君のことは赴任した時から、ずっと気になっていた」と大下は続けた。

「いったいどういうつもりですか！」

遠藤が言葉を遮るように言った。しかし大下は動じなかった。

「あんたが深雪を愛していたら、俺は何も言わない。でも、あんたは岡本美紗《おかもとみさ》とも付き合っている」

大下の口から予期せぬ名前が出てきて驚いた。岡本美紗は同じ課の後輩だ。

「本社にいた時は、吉川百合子《よしかわゆりこ》とも付き合っていたしな」

思わず遠藤の顔を見た。彼はあきらかに動揺していた。直感で大下の言っていることは真実だと思った。

「何を言ってるんだ、あなたは。根も葉もない言いがかりはいい加減にしてください」

「来週、深雪を出張に連れて行くつもりだろう。そこで本格的に口説《くど》くつもりで」

「失礼な！」

遠藤は語気鋭く言うと、椅子から立ち上がった。

もう遠藤の顔を見られなかった。出張の話は今日の午前中に打診されたことだ。遠藤から「今度のプロジェクトの会議にはどうしても参加してもらいたい！」と頼まれたのだ。出張中に言い寄られることになるかもしれないとは予想していたが、実力を認めてもらってのことだと思っていたから、心から喜んでいたのだ。

それにしても大下はなぜそんなことまで知っているのだろうか。十年間も音沙汰《おとさた》がなかったのに、突然現れ、こんなことを言い出すなんて。

しかも遠藤とのことを言うつもりだったのかどうかはわからない。なぜならここへは遠藤が勝手にやって来たのだ。

「端山君、何か得体のしれない男が来たと聞いたから心配してやって来たけど、これで失礼する。こんなおかしな人にはこれ以上付き合えない」

わたしは小さくうなずくしかできなかった。

遠藤は黙って、ラウンジを立ち去った。

その後しばらくわたしと大下の間で沈黙が続いた。それを破ったのはわたしだった。

「あなたの言ったことは本当のことみたいね」

大下は小さくうなずいた。

「なぜ、あなたがそんなことを知ってるの？」

大下は答えなかった。彼に話す意思がないのがわかって、それ以上は訊かなかった。

「俺が今日、ここへ来たのは、深雪に謝るためだ。あんな男のことなんかどうでもいい」大下はぼそっと言った。「深雪に心から謝罪したかった」

そしてテーブルに額《ひたい》をつけるくらいに頭を下げた。「本当に悪かった」

その姿を見ていると、不思議な感覚に襲われた。大下が他人に謝るのを見たことがない。わたしの知っている大下はどんなことがあっても絶対に自分の非を認めない男だった。その男が今、肩を震わせて謝罪している。わたしは感動に似た気持ちを味わっていた。

「もういいわ。済んだことだし、いつまでも怒っていても仕方がない」

それでも大下は頭を上げなかった。

「もう、本当にいいから」わたしは静かに言った。「頭を上げてちょうだい」

大下は初めて顔を上げ、わたしを見た。それから、ふぅーっと大きなため息をついた。

「ようやく肩の荷が下りたよ。深雪と別れてからずっと、詫《わ》びることばかり考えてた」

「でもね、誤解しないで」とわたしは言った。「許したからと言って、あなたとよりを戻す気はないから」

「わかってるよ」大下は言った。「そんなつもりで来たんじゃない」

わたしはうなずいた。

「そろそろ時間かな」

大下はそう言いながら、椅子から立ち上がってレシートを摑《つか》んだ。

「いいわよ。わたしが払っておく」

「いや、いいよ。俺が勝手にやって来たんだし」

「いいのよ。お茶代くらい。会社の経費で落ちるから」

「すまないなあ」大下は照れたように笑った。「実は手元不如意《ふにょい》なんだ」

「もう帰るの？」

「うん。もう二度と顔は出さない」

大下は寂しそうな顔をした。「深雪、幸せになってくれ」

「ありがとう」

大下はまたはにかんだような笑みを浮かべた。その顔を見た瞬間、なぜだかたまらなく愛《いと》しさを覚えた。

「じゃあ」

大下はそう言うと、ラウンジを出ていった。

その後ろ姿を見送りながら、十年間忘れることもなかった大下への恨《うら》みがすっかり消え去っているのに気付いた。


デスクに戻ると、遠藤は少し目を逸《そ》らした。それを見た時、さきほどのラウンジでの会話を思い出した。大下が語った遠藤の浮気の話は本当だろう。遠藤の強張《こわば》った表情がそれを教えていた。一週間前あれほどときめいていた男に、今は何の感情もなくなっていた。

それにしても大下が今日ここにやって来た理由は、謝罪して赦《ゆる》しを請《こ》うことだったのだろうか。だとしたら彼は目的を果たした――。

突然、携帯電話が鳴った。母からだった。

「どうしたの。今、仕事中よ」

わたしは周囲を気にして小さな声で受話器に向かって言った。

「ごめんよ。でも、一応、早くに知らせたほうがいいかなと思って――」

「何なの?」

「大下さん――お前の昔の亭主だけど」

「うん、どうしたの?」

母は少し声を潜《ひそ》めて、「さっき向こうの家から連絡があってね」と言った。

「今朝、亡くなったらしいよ」

償い

「お袋が死んで、もう十六年にもなるんだな」

小泉巳吉雄《こいずみみきお》はネクタイを外しながら言った。

「時の経《た》つのは早いものね」

妻の雪江《ゆきえ》が答えた。

その日は巳吉雄の母の十七回忌だった。母が死んだのは巳吉雄が三十歳の時だ。親戚《しんせき》のいない巳吉雄は自宅で家族だけで法要を営《いとな》んだ。寺から僧侶《そうりょ》を呼び、お経をあげてもらうだけの簡単なものだった。

「遊びに行ってもいい？」

長男の正樹《まさき》が昼ご飯を食べ終わると言った。正樹は小学校四年生だ。すかさず二つ下の綾乃《あやの》が「わたしも」と言った。

「今日は寒いからマフラーをしていきなさい」

雪江がいやがる二人の首に無理やりマフラーを巻いた。

二人が「暑いよー」と言いながら出て行ったあと、巳吉雄は雪江と顔を見合わせて笑った。

「子供は風の子だから」

巳吉雄の言葉に雪江も微笑《ほほえ》みながらうなずいた。

雪江はダイニングルームから隣の和室に行き、黒のワンピースを脱いだ。

「お袋が死んだ日も寒い日だったな」

巳吉雄はふと遠い日を思い出すように言った。「信州《しんしゅう》だったから、雪が降っていた」

「自動車事故だったわね」

巳吉雄はネクタイを緩《ゆる》めながら小さくうなずいた。

「どんなお母さんだったの？」

「優しいお袋だった。それでいて頑張り屋だった。ぼくが小さい頃に親父が死んで、それからは女手一つでぼくを育ててくれた」

雪江が普段着に着替えてダイニングルームに戻って来た。

「お袋はぼくが東京へ出てからもずっと働いていた。信州の田舎《いなか》で宅配運送をしていたんだ。毎日、山道を軽トラックで走りながら、村々を回っていた。その日は、ぼくが一年ぶりに故郷に戻った日だった。最終電車で着いたから、バスはなくて、お袋が軽トラックで迎えに来てくれた。お袋は山を越えるのに近道を選んだんだけど――」

「雪が降っていた――」

雪江の言葉に巳吉雄は「ああ」と答えた。「二月の終わりで、夜はすごい雪だった。山に入った途端、雪は一層強くなった」

「その山で事故に遭《あ》ったのね」

「あんな日に帰らなければよかった。いや、もう少し早く帰っていれば、バスで帰れたんだ。

お袋が山道を走ることはなかった」

「だからといって、事故はあなたのせいじゃないわ」

巳吉雄は深いため息をついた。

その夜、母の運転する軽トラックは山道でガードレールを突き破って、崖《がけ》から転落した。

「あなたは事故の時は寝ていたんでしょう」

「うん。助手席でぐっすり眠っていた。だから、事故のことは何も覚えていないんだ。道路から谷までは二十メートルもあって、車はまっさかさまに落ちた——お袋は即死だったよ」

雪江は巳吉雄の手の上に優しく手を置いた。

「あなたはよく助かったわね」

「崖を落ちる時に、車から投げ出されたらしく、雪の上に落ちたから、大きな怪我《けが》がなくて助かった。もっとも事故直後は完全に気を失っていたけど」

「お母さんは車の中だったのね」

巳吉雄はうなずいた。

「車はぺしゃんこになっていたよ。あとで警察発表で即死と知らされて、逆にほっとしたくらいだった。事故後、何時間かして死んだのなら、僕が気を失っていた間に亡くなったことになる。それだと辛《つら》くて耐えられなかったからね」

事故のことを妻に話すのは久しぶりだった。前に話したのは母の十三回忌の日だったような気がする。

「お母さんはどうしてガードレールを越えたのかしら?」

「警察では、雪でカーブに気付かずに道路を直進してガードレールを越えたんじゃないかと言われた。現場にブレーキ痕《こん》がなかったからね。けど、お袋はあの道は何度も走ったことがある。あのあたりの山道は細くて急だけど、お袋は車の運転にかけてはベテランだ。いくら雪がたくさん降っていたとは言え、カーブに気付かないはずがないんだ。で、次に言われたのが居眠り運転だ」

「そう言ってたわね」

「お袋はその日も朝早くから仕事をしていたそうだ。一日中配達して疲れが出ていたのかもしれない。だとしたら、やっぱり事故はぼくのせいだ」

雪江は首を横に振った。

「それは違うわ。あなたは自分を責めるべきじゃない」

「そうだな。この話はやめよう」

雪江はにっこりすると、椅子《いす》から立ち上がって、ダイニングテーブルの上の食器を片付け始めた。

「けど、人生って不思議だなあ」

巳吉雄はしみじみとした口調で言った。

「どうして?」

「あの事故がなければ、雪江には会っていないんだから」

雪江はちらっとこちらを見たが、複雑な表情を見せただけで、何も答えなかった。

雪江と出会ったのは、事故で運ばれた病院だった。

頭を強く打って意識を失っていた巳吉雄は隣町の大きな病院に運ばれ、そのまま入院となった。数日後、ようやく動けるようになった頃、ロビーの自動販売機でコーヒーを飲んでいる時に雪江に出会った。

雪江は巳吉雄と目が合うと、微笑んで会釈《えしゃく》した。三十歳になるまで女性と付き合ったことが一度もなかった巳吉雄はそれだけでどきっとした。「よかったらお話ししませんか?」と雪江に言われた時は、舞い上がってしまってどう答えたか覚えていない。そのあとロビーのソファーで話した内容もまったく記憶になかった。

しかしその時の雪江の印象は今もはっきり覚えている。肌の色が透《す》き通るように白い美人だったからだ。

雪江も入院患者だった。聞けば心臓が悪いということだった。肌の白さはそのせいかなと思った。一日のうち何度もロビーで会って話をするうちに、巳吉雄は次第に雪江に惹《ひ》かれるようになった。

雪江は心の優しい娘だった。巳吉雄の母の死の話を聞いて、涙を流した。二十歳《はたち》の彼女もまた身寄りのない女性だった。

巳吉雄が雪江に恋したのは彼女が美しかったからだけではない。雪江がどことなく亡くなった母の若い頃に似ていたからだ。

二人は退院してからも付き合いを続け、一年後に籍《せき》を入れた。二人だけのつましい結婚式だった。

結婚してからは雪江はすっかり健康になり、一度も心臓の不調を訴えたことがなかった。雪江は「巳吉雄のお陰よ」と言った。

結婚して五年後に正樹が生まれて、さらに二年後に綾乃が生まれた。二人とも妻に似て、肌が白く、可愛《かわい》い顔立ちをしていた。

「お茶飲む？」雪江が訊いた。

「もらおうかな」

雪江はガスコンロに薬缶《やかん》を載せて火を付けた。それから湯が沸《わ》く間に、食器を洗った。

巳吉雄はてきぱきと家事をこなす妻をぼんやりと見つめていた。雪江は本当によく働くいい妻だった。

素晴らしい妻に巡り合えたと心から思った。時々、雪江は母が巡り合わせてくれた妻かもしれないと思うことがあった。晩年の母の口癖は「早く巳吉雄にお嫁さんを見つけないと」というものだったからだ。それにあの事故がなければ雪江とは出会っていない。でも、あの事故は――。

突然、雪江が洗い物をしながら言った。

「どうしたの？　何かあったの？」

「え、どうして？」

「何か真剣に考えている感じがしたから」

雪江は背中を向けたままで答えた。

巳吉雄は苦笑した。雪江の勘の良さにはよく驚かされる。妻は昔からこちらが考えていることを即座に感じ取ってしまうようなところがあった。

「実は――」巳吉雄は素直に言おうと思った。「あの時の事故のことで、誰にも言ってないことがあるんだ」

雪江は洗い物の手を少し止めた。

「眠っていて何も覚えていなかったんじゃないの？」

「いや、多分眠っていなかった。なぜなら事故の瞬間を覚えているから」

雪江は振り返った。

「そんな話は初めて聞いたわ」

「うん、今初めて話したんだ」

「どういうことなの？」

「信じられないかもしれないけど――」巳吉雄は言った。「事故の直後は、完全に記憶を失っていたんだけど、二年ほど前から徐々にその時の記憶が戻って来たんだ」

雪江は驚いたような顔をした。

「どういうことなの？」

「わからない」巳吉雄は言った。「自分でもよくわからないんだが、なぜか記憶が戻って来た気がするんだ」

雪江は洗い物をやめてテーブルに着いた。

「事故から十四年も経ってそんなことがあるの？」

「おかしいだろう」

「記憶が戻って来た時、どうしてすぐに言わなかったの？」

「戻って来た記憶がはっきりしなかったんだ。自分でもすごく曖昧《あいまい》で、話せるようなものじゃなかった。でも、その後どんどん記憶がはっきりしてきて、形になってきた」

「それなのに、二年間も黙ってたの？」

巳吉雄は苦笑《にがわら》いした。

「記憶がはっきりしてくると、余計に人に言えなくなった」

「どうして？」

「あまりに荒唐無稽《こうとうむけい》な記憶だから」

「それは聞いてみないとわからないでしょう」

雪江は身を乗り出した。「全部、言ってみて」

巳吉雄はうなずいた。

「光が見えたんだ——」

「光？」

「うん、目の前の道路が突然、すごい光で覆《おお》われたんだ。それを見た途端、僕の全身は金縛りにあったみたいになった。多分、運転しているお袋もそうだったんじゃないかな。それで車がその光の物体にぶつかって、すごい衝撃を受けた」

「それでどうなったの？」

「そこで一旦、記憶が飛んでる」

巳吉雄は頭を押さえた。「無理に思い出そうとすると、頭が痛くなるんだ」

雪江は手を伸ばして、巳吉雄の額《ひたい》にそっと触れた。

「きっと怖い思い出だから、心が忘れさせているのよ。無理に思い出すことはないわ」

雪江はそう言いながら巳吉雄の額を指先でとんとんとつついた。あれっと巳吉雄は思った。幼い頃、母がいつもそうしてくれたからだ。

「頭痛くない？」

「うん、大丈夫だよ」

巳吉雄は妻を安心させるために笑顔を見せた。雪江も微笑《ほほえ》んだ。

巳吉雄はその顔を見て、自分の妻ながら綺麗《きれい》だなと思った。雪江は巳吉雄よりも十歳若い三十六歳だが、見た目の印象は二十代半ばに見える。肌が白い分、余計に若く見えた。

全然もてなかった自分が、こんな素敵な妻を得られたことが奇跡のように思えた。

「雪江はどうしてぼくみたいな冴《さ》えない男と結婚したの？」

雪江はいたずらっぽい顔で答えた。

「最初は退屈な人と思ってたわ。こんな人と五十年も暮らすことになるのかな、と思うと、ちょっと時間が無駄かな、と」

「時間が無駄？　ひどい言い方だな」

雪江はおかしそうに笑った。雪江は時々どきっとすることを平気で言う。それが彼女の魅力でもあった。

「それに、子供も作っちゃったしね——」

二人の子供は妻に似て利発な子だった。

「今ではすっかり情が湧いたわ。大好きよ！」

雪江は巳吉雄の唇にキスをした。巳吉雄は心から妻の愛情を感じ、幸せを噛みしめた。

「事故の話に戻るんだけど——」

唇が離れた時、巳吉雄は言った。妻は、またその話かというようにうんざりした表情をした。

「さっきも言った通り車が谷底に落ちた時、ぼくの体は外に投げ出されていたらしい。気が付いた時は、谷の下の雪の上に倒れていた。起き上がろうとしたが、体が動かなかった。で、その時、びっくりするものを見た——何と、僕の両腕がなかったんだ」

「腕がなかったって——嘘《うそ》でしょう？」

「両腕が肘《ひじ》からちぎれていたんだ。意識は朦朧《もうろう》としてたけど、はっきり覚えている。目の前の雪の上に僕のちぎれた二本の腕が転がっていたから」

雪江は両手で口を押さえた。

「体は動かなかったし、すごく大量の血が流れていたから、もう死ぬなあと思った。かなり離れたところで、軽トラックが燃えていた。お袋を助けに行かなくては、と思ったけど、体は動かなかった――」

「夢だわ」雪江は言った。「事故の恐怖が、悪夢を見せたのよ」

「いや、夢じゃない。はっきりした記憶だよ」

「今まで思い出さなかったのに、はっきりした記憶って言えるの？」

「うん。くっきりと映像に残っている。今日の法事の出来事みたいに、くっきり」

雪江は奇妙なものを見るように夫を見た。

「それで、どうしたの？」

「そこからがさらに妙なんだ」巳吉雄は語り出した。「目の前には、見たことのないような光り輝く丸い大きな物体があった。その物体の中から、何かが出てきた」

「何かって？」

「わからないよ――敢《あ》えて言えば宇宙人かな。映画か何かで見る宇宙人みたいだった。丸い物体は円盤かもしれない」

雪江は笑い出した。

「からかわないでよ。もう今日は休んだら。疲れてるのよ」

「いや、疲れてないよ。自分でも、びっくりするくらい頭が冴えてる。なぜか、忘れていた記憶がどんどん蘇《よみがえ》ってくる」

　雪江は複雑な表情で夫を見た。

「宇宙人のような人は全部で三人いた。二人は燃えている車に近付き、一人は自分に近付いてきた。彼らは真白な光る服を着て、頭はフルフェイスのヘルメットみたいなもので覆われていた。それからその宇宙人はぼくに、すまなかったと言った」

「宇宙人が日本語を話したの？」

　雪江が笑った。巳吉雄も思わず苦笑いした。

「よくよく考えてみたらおかしな話だな」

「よくよく考えないでもおかしいわよ」

「でも、ぼくの記憶ではそうなってるんだ」

「わかったわ。それで？」

「よく覚えていないけど、事故は自分たちのミスだったみたいなことを言った」

「円盤にぶつかったせいで車が谷底に落ちたってこと？」

「そういうことを言ったような気がする。それで、宇宙人はお袋を助けようとしたらしいが、既に死んでいたと言った。その代わり、お前は助けると言って、両腕をくっつけてくれた」

「ものすごい話ね。縫《ぬ》ったの？」

「いや、腕を持ってきて、何か棒のようなもので光を当てた。それからいろいろなものを飲まされたりした」

「傷痕《きずあと》は？」

雪江に訊かれて、巳吉雄は肩をすくめて、両腕の袖《そで》をまくってみせた。そこには何の傷痕もなかった。

「やっぱり夢ね」

「そう言われれば、そうなんだけど——なぜかぼくの記憶には、はっきりと残ってるんだ」

雪江は退屈そうにあくびをした。

「あなたの話が本当だとして、宇宙人はどうして助けてくれたのかしら？」

「悪いことをしたと思ったからじゃないかな。宇宙人は、地球人を殺したくなかったと言っていた。事故であれ、地球人を殺してしまったのは、大きな失敗だというようなことを言っていた」

雪江は呆《あき》れたようにため息をついた。

「それで、宇宙人は去っていったの？」

「うん。けど、その前に、今日あったことは忘れるようにと言った。それでまた何か飲まされた。それを飲んだ途端、意識を失って、気付いたら病院のベッドの中だった」

「どうして、警察にその話をしなかったの？」

「覚えてなかったんだ。全部きれいさっぱり忘れていた」

雪江は笑った。

「それが、二年前ぐらいからだんだんと思い出してきたんだ。最初は、何か全然違う夢を思い出したような感じだった。だから最初は事故の時の記憶と結びつかなかった。けど、年を経《へ》るごとにだんだんとバラバラのパズルが組み合わさるようになって、最近ははっきりとあの時の事故の記憶だとわかった」

「ＳＦ映画か何かの記憶とごっちゃになっているんじゃないの」

「そうかもしれない。正直言うと、自分でも信じていないんだ。いろんな記憶がどこかで混じっているんだろうな。だから今日まで誰にも話さなかった。ただ——この話を思い出そうとすると、いつも頭が痛くなるんだ」

巳吉雄は言いながら、両方のこめかみ部分を指で押さえた。

「あなたが最近、頭痛がするというのはそのせいなのね」

「うん、そうなんだ。脳の回路がどこかおかしくなっているのかもしれない」

「宇宙人のせいで？」

雪江の冗談に巳吉雄は苦笑した。

「頭痛薬ある？」

雪江は「あるわよ」と言って、キッチンの棚の扉を開けて、小さなカプセルを取り出した。

巳吉雄は水と一緒にそれを飲み下した。大きく深呼吸すると、痛みが嘘のように引いた。

「あれ、痛みが取れたよ」

「でしょう」雪江はにっこりした。「さっきの宇宙人の話の続きをしてちょうだい」

巳吉雄は「えっ」と言った。

「宇宙人の話って何のこと?」

ビデオレター

こんにちは、愛するあなた。

お久しぶりですね。私が生きているので驚かれました？　血色もよろしいでしょう。とても死んだばかりだとは思えないでしょう。

瘦《や》せ細った私の記憶が強く残っていますか？　抜けた髪の毛もふさふさでしょう。別に化けて出てきたわけではございませんことよ。私はもうとっくに亡くなっています。二カ月も前に私の肉体は死に、体は焼き場で燃やされました。あなたは私の骨を拾ってくれたじゃありませんか。あれは間違いなく私の骨ですよ。腰骨のところにはボルトがあったでしょう。七年前に骨折した時に入れたボルトです。

まだ信じられない顔をしていますね。もしかして私ではないのではと疑っておられます？　そっくりな女優じゃないですよ。いくら名女優でも、ここまでそっくりには似せられないでしょう。それとも五十年近くも一緒に暮らしてきて、私の顔がわからないというのですか？　声もお忘れですか。

笑ったりしてごめんなさい。種明かしをすれば、今は春です。私は年を越すことはできないでしょうから、半年以上前ですね、多分。

今日は四月一日です。別にエイプリルフールを気取ったわけではありません。あなたも覚えていらっしゃるでしょう、三月に二人が門倉《かどくら》先生に呼ばれて私の病状を伺《うかが》った日を。私の余命が半年もないとわかったのは今から二週間前のことです。

　私は明後日から入院します。今日はこうしてメイクして、カメラの前に座っています。このために美容院へも参りました。入院したらもう髪をセットすることもできません。そう、もう死ぬまで。

　このＤＶＤは撮《と》り終えたら友人に預けます。そしてその日が来るまで保管しておいてもらいます。私が死んで四十九日の法要が終わったところで、あなたに送ってもらうようにお願いしておきます。

　封筒に書かれてある私の文字と名前をごらんになって、さぞかしびっくりされたことと思います。霊界から送られてきたと思われたのじゃないかしら。でもあなたはリアリストですから、そんなことはお考えにはならないかな。あ、友人を探ろうとしても無駄ですよ。封筒には手掛かりは一切ありません。指紋くらいは付いているかもしれませんが。

　こうしてビデオレターを差し上げたのは、あなたに長い間、言えなかったことを打ち明けたいという気持ちからです。心配しないでください。あなたが辛《つら》いと思うようなことではありません。ですから安心して最後までお付き合いくだされば嬉しく思います。すいません。少し緊張しています。水を一杯飲ませてください。

　あなたと結婚したのは随分昔ですね。その頃は私も七十歳のおばあちゃんじゃなくて、若い娘でした。自分ではそれほどの美人とは思っていませんでしたが、当時の写真を見ると、そんなに悪くない顔をしていたんだなと思います。ま、今、あなた笑いましたね、相変わらず失礼な方。でもあなたも昔は私に夢中になってくださったのですから、少しは美人と思ってらしたのでしょう。

あなたと初めて出会ったのは、あなたの会社の創立三十周年記念のパーティーでした。あなたはその時に私を見初《みそ》めてくださっていたのですね。あの時はどうかしてた、なんておっしゃらないでくださいね、悲しくなりますから。でも私はもう死んでいるから悲しくなんてならないのかな？

こんなおばあちゃんのビデオレターなんか見ても楽しくもありませんか。もっと若くて綺麗《きれい》な時にビデオレターを作っておけばよかったですね。でも私の若い頃はビデオもＤＶＤもなかったから、それは無理な話です。

私は今とても落ち着いています。余命半年足らずと言われても、不思議なほど静かな気持ちでいます。別に強がりではありません。門倉先生の説明を聞いた時も、うろたえたりはしなかったでしょう。七十年も生きたのですから、不満はありません。ただ、あなたよりも早くに亡くなるとは思っていませんでした。だってあなたは私よりも十歳も年上、当然、私があなたを見送るとばかり思っておりましたから。

でも、あなたは若い頃と全然変わっていませんわね。もちろん外見上のことではないですよ。髪の毛は薄くなったし、お腹も出てるし、今でも男前だなんてうっかり思わないでくださいね。もう八十歳なんですから、いつまでも若いつもりでいたらだめですよ。会長を退《しりぞ》き、会社での権限はなくなったのですから、あとは悠々自適《ゆうゆうじてき》に暮らしてください。

あなたとの楽しい思い出はいっぱいあります。十年前に二人でラスベガスに行ったことは忘れられません。カジノでギャンブルなんて生まれて初めてでしたから、すごく興奮して、あなたに笑われましたね。ブラックジャックのテーブルに座ってカードをめくる時は、人生でこんなにドキドキすることとって、今まであったかしらと考えたくらいです。思えば、それくらい私の人生は平凡なものだったのですわ。でも人生は平凡が一番。劇的で嵐のような人生は私には似あいません。素敵な夫と可愛い子供に囲まれ、良き母、良き妻でいられたことで十分満足しています。

そうそう、新婚旅行で行ったハワイも素敵でした。生まれて初めて行った海外旅行です。あれでハワイがいっぺんに気に入り、その後は毎年のように連れて行っていただきました。もちろん私がおねだりして。あなたの仕事が忙しい時は、私だけ行かせてくれましたね。優しいあなたに感謝です。

本当にあなたのお蔭ですごく贅沢《ぜいたく》な暮らしを味わうことができました。

あなたがお父様の会社を継いで、社長になったのは四十五歳の時でしたね。私は三十五歳で社長夫人になりました。世間ではよく三代目で身上《しんしょう》を潰《つぶ》すと言われますが、あなたはお父様の時代よりも更に会社を大きくされました。私は会社が大きくなっていく様子を間近に見ていましたから、あなたがいかに立派な経営者だったのかをよく知っています。世間ではあなたの悪口を言う人がいるようですが、優れた人物というのは毀誉褒貶《きよほうへん》がつきものです。あ、今、あなた口元が緩《ゆる》んだでしょう。私にはわかりますよ。こうしてカメラの前で話していてもあなたの表情が手に取るようにわかります。何十年も一緒に暮らすと、どんな表情をするのかも話す前にわかります。

私との結婚には、周囲で反対があったというのは後に聞きました。貧しい町工場の娘など上林《かんばやし》家にはふさわしくないと、はっきりおっしゃった親戚の方もいらしたということです。それだけに家柄などではなく私という人間を選んでくれたあなたに感謝しています。

私は随分《ずいぶん》おしとやかになったでしょう。若い頃は本当にじゃじゃ馬娘でした。でもあなたは私を変えてみせると宣言なさいました。あれは新婚旅行の帰りの飛行機の中でした。あなたは突然、私をホトトギスに喩《たと》えて、自分は豊臣秀吉《とよとみひでよし》のような男だから、私をどのようにでも躾《しつ》けることができると冗談めかしておっしゃいました。鳴かぬなら鳴かせてみせようホトトギスって――。それを聞いた時は、なんて傲慢《ごうまん》な人なの、と思いました。でも私は結局あなたに躾けられたのですね。今となってはよくわかります。何年もかかって、あなたのために美しい声で鳴くホトトギスにされたのです。

この世にお別れするのに心残りは沢山《たくさん》あります。可愛《かわい》い三人の息子とさよならするのはとても辛いです。末っ子の洋平《ようへい》でさえもう三十八歳なのに、可愛いなんて言ったら怒られますわね。長男の義孝《よしたか》は今年四十四歳、社長になって四年目ですね。次男の正弘《まさひろ》は若い頃は義孝とは仲が良くなかったのに、今では専務として義孝の素晴らしい右腕になっています。

三人共すごくいい子に育ちました。みんな、あなたのように頭が良く、自信に充《み》ち溢《あふ》れています。こんなこと言うとあなたに叱られるかもしれませんが、三人共あなたよりも背が高くて、ハンサムです。あら、悔《くや》しいのですか？　自分の息子に悔しがっても仕方がないでしょう。あなたが三人の息子をとても誇《ほこ》らしく思っていることはよく知っています。少し前に、三人の優秀な息子がいるから、この会社は安泰《あんたい》だとおっしゃいました。その言葉を聞いた時はとても嬉しく思いました。あなたが去年、会長を退いたのも息子たちの仕事ぶりに安心したからでしょう。私もあの子たちを見ていると思い残すことはありません。

なんだか取りとめのない話をしていますわね。でも、死ぬ前に何か話しておこうと思うと、どんな人も何から話していいのかわからなくなるものですよ。あなたも癌《がん》になった時にカメラの前に座ってごらんなさい。きっと、焦《あせ》って、水ばかり飲むかもしれませんよ。――ごめんなさい。つい、その情景を想像して、思わず笑ってしまいました。

あなたから私と結婚したいという申し出を受けた時は随分驚きました。それは当然でしょう。だって私はまだ大学生だったのですから。この年になれば十歳くらいの年齢差など二つ三つとさほど変わりませんが、二十歳の女子大生から見れば三十歳の男性など、まるでおじさんに見えました。しかもあなたは私の父の会社の取引先の御曹司《おんぞうし》です。びっくりするなと言う方が無理です。今、取引先とうっかり言ってしまいましたが、これは違いますね。父の町工場はあなたの会社の下請けみたいなものでした。

あの頃、父の工場の経営は本当に大変でした。というのもあなたの会社から一方的に取引を停止されたからです。理由は納品した製品に不具合が生じたからと聞いています。あなたの会社に多額の損害を負わせたことで、契約が打ち切られたそうです。父はその少し前に多額の借金をして設備を整えたばかりでした。突然、取引先の九〇パーセントを超えるあなたの会社から契約を打ち切られ、たちまち経営が悪化しました。父は連日新たな取引先を求めて奔走《ほんそう》しました。しかしそう簡単にはいきません。手形が不渡りになりそうになって、父は高利の金を借りました。それでも工場はどうにもなりませんでした。私は父のことが心配でなりませんでした。というのも父は自殺してもお金が降りる保険に入っていたからです。お前たちだけは何とか食べていけるようにしたい、と疲れ切った父がぼそっと呟《つぶや》いたのを覚えています。あの時、あなたが父の工場と契約を再開してくれなかったら、私たちは家も財産も何もかも失い、路頭に迷っていたかもしれません。

あなたは父の工場の取引を停止した常務の反対を押し切って、もう一度父にチャンスを与えてくれたと、結婚前に藤井《ふじい》さんに聞きました。専務の藤井さんはあなたを子供の頃から可愛がってくれていた番頭みたいな人ですね。藤井さんはあなたがいかに素晴らしい男性であるかも教えてくれました。高校時代はサッカーの名選手で、東大に入れるくらいの成績なのに、義父の母校である早稲田《わせだ》に入ったこと。大学を卒業したあとは、M銀行に入り、同期の中では一番の出世頭だったこと。まさに二物も三物も与えられた素晴らしい人だと言っていました。

それからしばらくして父から、あなたが私を妻にしたいとおっしゃっていると聞きました。父も母もこの結婚を強く勧《すす》めました。

私は小娘ではありましたが、子供ではありません。我が家がこの話を簡単に断れないことくらいは理解できました。不思議なのは、なぜ私なのかということでした。その一年前のパーティーに私は両親と参加して、ご挨拶《あいさつ》をさせていただきましたが、あなたとの接点はそれだけでした。学園祭でミス・キャンパスに選ばれたことがあったとはいえ、私くらいの器量の娘ならいくらでもいます。あなたほどの素晴らしい男性が私のような小娘を見初めたということが信じられなかったのです。

当時、私には浅岡《あさおか》誠《まこと》という恋人がいました。同じ大学の二つ上の先輩です。お互いに約束を交《か》わしたわけではありませんが、いつか結婚しようと思っておりました。父の工場も大切なのはわかっていましたが、私は浅岡と別れる気はありませんでした。たとえそのことで父の工場が潰れても仕方がないと、いかにも世間知らずな娘は考えていたのです。でも浅岡はすぐには結婚するのは難しいと言っていました。幼い頃に父親を亡くしていた彼は学費も自分で稼いでいました。就職したら二人の弟たちの学費も稼がなくてはならないから、結婚は当分待ってくれということでした。私は自分も働いて彼の弟たちを助けるつもりでいました。だから大学を出たらすぐにでも浅岡と結婚しようと思っていました。

しかし浅岡が待ってくれと言ったのは、実はそんな理由ではなかったのです。ある日、彼は別れを切り出しました。別に好きな女性ができたと言うのです。私は親子の縁を切ってでも彼と一緒になりたかったのに、彼はそうではなかったのです。心に大きな穴が開いたような気持ちというのはこのことでしょう。私は生ける屍《しかばね》のようになりました。傷心の私はあなたと結婚することにしました。もう誰でもいいと思ったのです。いや、私を欲しがってくれる男性なら、誰でもいいと。こんな風に言うとショックを受けますか。でも結婚して初めて、真に魅力的な夫に出会ったと気付きました。

あなたは仕事もできる人でした。成功するためには手段を選ばない手腕は、子供の頃から帝王学で身につけたものかなと思いました。でも非情とも言える経営哲学で、下請け会社をばんばん切っていくところは見ていて怖くもありました。そんなあなたが父の会社を救ってくれたのは本当に不思議でした。でも実はそれは嘘だったのです。藤井さんが全部教えてくれました。先代から仕《つか》えた方で、少々太鼓持ちのところがありましたが、決して悪い人ではありません。でも、あなたは自分が副社長になった時、冷酷にも彼を切りました。切らなければならない事情がおありだったのでしょうが、長い間尽くしてくれた人を切ると、ろくなことはありませんよ。

藤井さんには、自分を切ったあなたへの恨《うら》みがあったのでしょう。藤井さんは私にすべて教えてくれました。父の会社の取引停止を命じたのは、ほかならぬあなただったと――。一年前のパーティーの席上で私を見初め、何とか妻にしたいと思って父の工場を窮地《きゆうち》に追い込み、そのあとで救世主のように現れて大きな恩を売る、そうして私をものにする、と。藤井さんの言っていたことは全部本当のことでした。その後、自分でもこっそり調べてそのことを確かめました。

どうなさったの、あなた。私は別に怒ってはいませんよ。もう五十年近い昔のことじゃありませんか。とっくに時効です。今はむしろそこまで私を欲しがってくれたあなたの情熱が素晴らしいと思っています。

だって浅岡は、藤井さんから貰《もら》ったお金で、私と別れることを約束したのですから。ええ、そのことも藤井さんから聞きました。たしか二百万円を浅岡に渡したそうですね。今なら一千万円くらいの価値がありそうですね。このことも何とも思っておりません。だって、それくらいのお金を使ってでも私を欲しいと思ってくださったのでしょう。逆に浅岡はそのお金で私を捨てたのです。どちらがより愛情が深いか、一目瞭然《いちもくりょうぜん》です。

藤井さんの話を聞いた私は探偵を雇《やと》って浅岡を探しました。彼は入社した会社が倒産し、その後、自分で立ち上げた事業にも失敗し、その日暮らしに近いような惨《みじ》めな生活をしていました。妻はなく独身でした。私はバチが当たったのだと思いました。

突然訪ねてきた私を見て、浅岡は泣きながら許してくれと言いました。みすぼらしい木造アパートの廊下で土下座して男泣きしたのです。男の人のあんなに情《なさ》けない姿を見たのは初めてです。もし私が浅岡と一緒になっていたら、このアパートで暮らしていたのかと思うと、たまらない気持ちでした。その時、あなたとの結婚生活の素晴らしさが心からわかりました。

けれどもあなたが私を大事にしてくれたのは最初の三年だけでした。初めて浮気を知ったのは結婚して四年目のことです。びっくりなさったでしょう。私に知られているとは思っていらっしゃらなかったでしょう。ブラフで言ってるんじゃないですよ。名前も申し上げましょうか。浜崎満代《はまさきみつよ》さん、たしか総務の子でしたね。その後、あなたは女子社員をとっかえひっかえ、まるでチェーンスモーカーならぬチェーン不倫みたいな感じでした。二十年前に銀座のホステスに産ませた子供を認知していることも知っています。他にも今もお世話している女性がいることも。

俗に、美人は三日で飽きる、と言います。たいして美人でもない私に三年も飽きないでいてくれたからよしとしなければなりませんね。ごめんなさい。このビデオレターはそんな大昔のことを愚痴るのが目的ではないのです。ちょっと待ってくださいね。喋《しゃべ》り続けて喉が渇《かわ》きました。もう一杯水を飲ませてください。

ええと、どこまで話しましたか。ああ、そう、浮気の話でしたね。あれはあなたが三人目の女子社員と浮気をした頃です。名前は木下澄枝《きのしたすみえ》さん。この方は営業にいましたね。ぽっちゃりした可愛《かわい》いタイプでした。あなたが私と結婚するためにいろいろと工作をしていたという話を藤井さんから聞いたのは、ちょうどその頃でした。どうしたの？　顔色が少し悪いですよ。嫌なら、このDVDを消しますか？　それともまだ私の話をお聞きになりますか。私の話はもうすぐ終わります。

あなたに浮気されて、私がどう思ったかわかりますか？　多分、あなたには想像もつかないことだと思います。私は、あなたを一所懸命に愛そうと努めたのです。誰よりも大きな愛であなたを包もうと思いました。男ですもの、浮気の一つや二つ、どうということはありません。若い女性に見向きもされない男なんて少しも魅力的ではありません。世の中の奥さんのほとんどは夫の浮気に逆上して、夫を問い詰め、なじり、非難します。その結果、夫の愛は冷め、遊びだった浮気が本気になることもあります。たとえ本気にならなくても、妻への愛は完全に冷めてしまうことになります。私はそれを怖《おそ》れたのです。私の献身的な愛に、あなたは私のことをとてもよく出来た妻だと思ってくれました。だから私を捨てようとはせずに、安心して浮気を楽しまれました。

さっき、あなたが新婚旅行の帰りに私をホトトギスと喩えたことは申し上げましたね。あれは本当に上手《うま》い喩えでした。

実はホトトギスは美しい鳴き声の他にも特徴があるのをあなたはご存知でしたか？　ホトトギスは託卵《たくらん》する鳥なのです。卵を託すと書きます。ホトトギスはウグイスなどの巣の中に、自分の卵をこっそりと産み落とすのです。何も知らないウグイスは、卵から孵《かえ》った雛《ひな》を自分の雛だと思って、一所懸命に育てます。そしていつのまにか自分よりも大きくなっている雛に、せっせとエサを与えるのです。

ここまで申し上げれば、勘のいいあなたのことですから、おわかりかもしれませんね。

そうです。私が産んだ三人の子供はみんな浅岡の子供です。浅岡と再会したのはあなたが浮気を繰《く》り返していた頃です。彼のアパートの部屋に入った時、壁に掛けられていた私の写真を見て、彼が別れてからもずっと私を愛してくれていたことがわかったのです。そして私もまた浅岡を愛していることを――。その時、心に決めたのです。浅岡の子を産んで、有り余るお金で子供を豊かに育てようと。こうしてできた三人の息子はあなたのお金ですくすくと育ちました。義孝は社長に、正弘と洋平も重役になりました。そうです。あの会社はもうあなたのものではありません。

それでは、ごめんあそばせ。

ママの魅力

「いつまでテレビゲームをしてるの」

キッチンにいるママから何度目かの小言《こごと》が飛んできた。

「日曜日なのに、朝からゲームばっかりして！」

ぼくは仕方なくゲーム機の電源を切った。

「もう三年生なんだから、もう少ししちゃんとしなさい」

「わかってる」

ぼくはリビングからダイニングに移動して椅子に座った。テーブルにはやりかけの算数のドリルがある。ママはさっきからずっとキッチンで何かを作っている。

「パパは？」

「ゆうべは遅くまでお仕事してたから、まだ寝てるのよ。だから大きな音立てないようにね」

「はーい」

「聞きわけがいい子ね。ご褒美《ほうび》にあとでケーキをあげるわ」

「わーい」

ママの作るケーキはケーキ屋さんのよりもずっと美味《おい》しい。ケーキ作りはママの数少ない趣味だ。タルト、シュークリーム、モンブラン、シャルロットなど、一週間に三回は作っている。百キロを超えるママの体重の原因は、毎日ケーキばかり食べているからだとぼくは思っている。しかしママに言わせると、太っているのは体質で、ケーキは関係ないということだ。たしかにケーキのせいだけではない。ママはふだんの食事も人一倍食べるからだ。

「あ、そうそう、ママ、今度の運動会で、リレーの選手に選ばれたよ」

「すごいじゃない」

ママは振り返って嬉しそうな声を上げた。

「しかもアンカーだよ。知ってると思うけど、アンカーは一番速い選手がなるんだ」

「優《ゆう》ちゃんはママに似て、運動神経がいいからね」

「ママになんか似てたら、運動神経は最悪だよ」

「あら、ママはこう見えても運動は得意なのよ。若い頃は痩《や》せてたんだから」

それは嘘《うそ》だと思った。前におばあちゃんの家でママの高校生時代の写真を見たことがある。丸い顔に太い足、とてもスマートとは言えない体型だった。

その時、パパがぼさぼさ頭で起きてきた。ぼくとママは、おはようと言った。

「何の話をしてるんだ?」とパパがあくびをしながら訊いた。

「ママの若い時の話」

「若い頃のママは、それはもう魅力的だったぞ」パパは笑顔で言った。「今でも十分素敵だけどな」

ママは嬉しそうににっこりと笑って、「ありがとう、パパ」と言った。

ぼくは心の中で、ばかみたいと言った。二人のこんな会話はしょっちゅう聞かされている。ママを素敵だと言うパパは、もしかしたら自分にないものを求めているのかもしれない。というのもパパはすごく痩せているからだ。体重は五〇キロしかない。ママにかなわないのは当然だけど、大人の男としても随分《ずいぶん》痩せているほうだ。おまけに身長もママの一七〇センチに対して一六八センチ。

仕事は大学の先生だ。子どもの頃から勉強は抜群にできたが、運動はからっきしダメだったらしく、そのせいなのかどうかわからないけど、スポーツ観戦が大好きだ。家にいる時はテレビでプロ野球、サッカー、格闘技の中継ばかり観るものだから、ぼくの好きなアニメが観られないことがよくあった。大学で物理学を教えているパパが、大きな声を出してテレビの格闘技を観ているのを知ったら、生徒たちはびっくりするだろうな。

けど、ぼくの目から見ても、パパはなかなかのイケメンだ。多分、女の人にもてた気がする。それだけに、どうしてママと結婚したのか少し不思議だった。おまけにママはパパよりも三つも上で今年四十歳になる。

ぼくは両親を見ながら、前に親戚のおじさんが「ノミの夫婦」と言っていたことを思い出した。何でも昆虫のノミはオスよりもメスの方がずっと大きく、妻の方が大きい夫婦をそう呼ぶらしい。その話を聞いた時は、おかしくて笑ってしまったが、あとで不愉快になった。「ノミの夫婦」ということは、ぼくはノミの子供ということになるからだ。

それにしてもママにはもう少しくらい痩せてもらいたい。せめて百キロを切ってほしい。でないと学校の授業参観が恥ずかしい。一学期の参観日の時にママを見たクラスの口の悪い友だちは、早速「トド」とか「ゾウアザラシ」とか言ってぼくをからかった。随分悔《くや》しい思いをしたが、さすがにそのことはママには言えなかった。

「ママ」とぼくは声をかけた。「ちょっとくらいダイエットしてみたらどう」

「ママが痩せた方がいい？」

「うん」と言った。「それに服もいろいろ着られるよ」

ママはちょっと考える素振《そぶ》りをした。

ママはいつも体型が隠れるようなぶかっとした服を着ている。でも、それだと余計に着膨《きぶく》れして見える。それに夏でも七分袖《しちぶそで》の服を着ている。ママに言わせると、セルライトが見えないようにしているということだ。セルライトというのは、しわしわになった肉のことらしい。だからママはどんなに暑い日でも肩や二の腕を出さない。

「ダイエットの必要はないよ」パパが口をはさんできた。「ママは今のままでいい」

ママはそれを聞いて嬉しそうに、モデルみたいにポーズを取った。

「そうかなあ」

ぼくはママとパパの両方に気を遣いながら言った。「ちょっと太り過ぎだと思うんだけど」

「そんなことはないよ。すごくチャーミングじゃないか、ママの体型は」

パパは眼鏡を拭《ふ》きながら言った。

「優一《ゆういち》はまだ子供だから、女性の魅力がわからないんだ」

女性の魅力と言われると、ぼくには訳のわからない世界だ。ママには大人にしかわからない魅力というものがあるのだろうか。

「女性はママくらい豊満な体が最高なんだよ」

パパはそう言うと、ママの方を向いてにっこりと笑った。ママもまた微笑《ほほえ》んだ。

パパとママは結婚十年以上も経つのに、すごく仲がいい。家の中ではぼくがいるのに平気でいちゃつく。二人で一緒に外出する時は、よく手をつないでいるらしい。これはクラスの友だちからの情報だ。恥ずかしいから人前で手をつなぐのはやめてほしいとぼくは頼んだが、パパもママも全然聞いてはくれなかった。

「それはそうと、優ちゃん、宿題は済んだの？」ママが訊《たず》ねた。

「まだだよ」

「まだって――。昨日のうちに片づけておきなさいって言ったでしょう」

「昨日は野球だったんだもん」

「じゃあ、今すぐやりなさいよ」

「だって順《じゅん》ちゃんたちと公園でケイドロする約束してるもん」

「もう！　遊ぶことばっかり」ママは手を腰にあててぼくを睨んだ。「パパからも勉強するように言ってやって」

パパは読んでいた新聞から目を離すと、「勉強なんかいいよ」と応えた。

ママは困った顔をした。パパは自分が運動が苦手《にがて》だったからか、小さい時からスポーツ万能のぼくのことをすごく自慢に思ってくれていた。だから勉強ができなかったことで怒られたことはない。

「子どもは遊ぶのが一番。今日も思い切り、遊んで来い」

「やったー！」

「もう、パパは優ちゃんに甘いんだから」

ママはぶつぶつ言いながらも、仕方がないというふうにため息をついた。

家ではパパの言うことが絶対だった。ママがパパに逆《さか》らったのを見たことがない。年齢もママの方が上なのに、ママはパパの前では仔猫みたいだった。

ママは見かけに似合わず、すごく気が小さい。おまけに怖がりで泣き虫だ。ゴキブリでも出たりしたらもう大変だ。近所に聞こえるくらいの悲鳴を上げて逃げ回る。そんな時はパパの出番だった。新聞紙を丸めてゴキブリを叩きつぶすと、ママはパパに飛び付く。体重が倍以上あるママに飛び付かれて、パパはいつもよろけた。

一年生の時に遊園地の「お化け屋敷」にママと入った時もすごかった。「いやだ、いやだ」と言って嫌がるママを、ぼくが無理やり手を引いて中に入ったのだけど、一歩進むごとに、ぎゃあぎゃあ大騒ぎで、出口に辿《たど》り着いた時は、涙で化粧も落ちて、どちらがお化けかわからないような顔になっていた。

それに大人のくせに水を怖がる。子どもの頃に一度溺《おぼ》れかけて、それ以来、水は苦手らしい。だから一緒にプールに行っても、ママは水着にもならずに服を着たままプールサイドにいる。もちろんいつもの七分袖だ。

「コーヒーが欲しいな」

新聞を読み終えたパパがママに頼んだ。

「久しぶりにサイホンで淹《い》れようか？」

「いいね」

ママは戸棚からガラス製のコーヒーサイホンとアルコールランプを取り出した。ぼくはアルコールランプの火でコーヒーを淹れるのを見るのが好きだった。

ママがコーヒー豆をセットして、アルコールランプに火を点《つ》けた。

「優一」とパパが呼んだ。「運動会が終わったら、連休にどこかへ行くか」

「本当！　どこ？」

「北海道はどうだ？」

「最高。北海道は行ったことがない」

「うん、実はパパも一度も北海道には行ったことがないんだ」

「ママは？」とぼくが訊いた。

「北海道は何回も行ったわ。札幌《さっぽろ》も函館《はこだて》も、旭川《あさひかわ》も行ったわ」

「すごいね」ぼくは感心したように言った。「どうしてそんなに北海道に行ったの？」

「ママは昔、旅行が趣味だったんだよ」

とパパが答えた。

「へえ、そうなの」

ママはうなずいた。

「若い時は日本中を旅したわ。多分、四十七都道府県は全部行ったことがあるわね」

「それって、すごくない？」

「そうかなあ」ママは首を傾《かし》げた。「旅行が好きだったから」

「いいなあ。ぼくも大人になったら、日本中を旅してまわりたいな」

その時、ママが「あっ！」という声を上げた。その直後に床でガラスが割れる音がした。

見ると、コーヒーサイホンがテーブルから落ちてこなごなになっていた。

ママは泣きそうな顔をしていた。そのサイホンはパパが若い頃、アメリカに留学していた時に買った思い出の品で、ずっと大切にしてきたものだった。さすがのパパも割れたガラスを見て呆然《ぼうぜん》としている。

「パパ、ごめん……」

ママの目から涙がこぼれた。

「そんなことはどうでもいいよ。それよりも怪我《けが》はないか」

「私は大丈夫。でも、パパの――」

「形あるものはいつかはなくなるんだよ。サイホンなんかよりも、ママが怪我しなかったことのほうがよかった」

「パパ――」

ママは顔を覆《おお》って泣いた。パパはそんなママの肩をそっと抱いた。

ぼくは見ていられなくなってダイニングからリビングへと移った。

もう一度テレビゲームをやろうと電源を入れた時、ママに「優一」と声を掛けられた。

「何？」

「今からちょっと買い物に行くけど、付いてこない？」

「何か買ってくれる？」

「アイスを買ってあげる」

「じゃあ、行く！」とぼくは言った。「その帰りに順ちゃんちに行く」


ぼくとママは、パパに見送られて、マンションを出た。

スーパーはマンションから歩いて五分だ。最初の大きな通りを曲がった時、一人の人相の悪いおじさんが血相を変えて目の前を走っていった。近所ではあまり評判がよくない不動産屋の岡部《おかべ》さんだ。何かを必死で捜している感じだった。

「何してるのかな？」とぼくはママに訊いた。

「さあ、お金でも落としたのかしら」

ママは首を傾げた。ぼくはおかしくて笑った。

やがて公園の入り口にやってきた。スーパーに行くのに公園の中を通ると近道なのだ。しかしママはそこで足を止めた。公園の中が妙に騒がしかったからだ。叫ぶような声があちこちで聞こえ、慌《あわ》てたように駆けまわっている人も何人かいた。

「何かあったみたいよ」

ママは怯《おび》えたような顔をした。「公園を通るのはやめよう」

その時、公園の林の向こうからけたたましい犬の鳴き声が聞こえた。同時に女の人の悲鳴も聞こえた。ぼくは思わず声のするほうへ走った。

「優一、行っちゃダメ！」

ママが止めるのを無視してぼくは公園に入った。

すると広場になったところで、一匹の犬が血だらけで横たわっていた。その横に大型の土佐犬が唸《うな》り声を上げて立っている。青嵐号《せいらん》だ！

青嵐号をこの町で知らないものはいない。岡部さんが飼っている猛犬だ。闘犬の大会で何度も優勝したことがあると聞いている。

今、その犬が鎖なしで公園の中央にいた。さっき岡部さんが血相を変えて走っていたのはそのせいだ。何かの拍子《ひょうし》に檻《おり》を抜け出したのだ。

遊具の蔭に隠れて別の犬が怯えている。かなり大型のゴールデンレトリバーだったが、青嵐号は唸りを上げると、その犬に飛びかかった。青嵐号はゴールデンレトリバーの喉元を嚙むと、そのまま振り廻した。ゴールデンレトリバーの大きな体が空中に舞った。公園に血が吹き飛んだ。飼い主らしい小太りのおじさんが必死で犬を助けようと持っていた傘で青嵐号を叩いた。青嵐号はぐったりとなったゴールデンレトリバーを口から離すと、今度はおじさんに飛びかかった。おじさんは逃げたが、足を噛まれて倒れた。青嵐号は喉元を狙っておじさんの上に乗ったが、おじさんは首を守って必死で抵抗した。でも青嵐号に腕を何度も噛まれ、悲鳴を上げた。

ぼくは犬の攻撃をやめさせようと、思わず「わー！」という大きな声を出した。するとその声に気付いて、青嵐号が顔を上げた。犬と目が合った瞬間、やばい、と感じた。でもぼくが逃げようとするよりも青嵐号の動きが早かった。猛烈な勢いで走ってくると、真っ赤な口を開けて飛びかかってきた。身が竦《すく》んで動けないぼくの目に飛び散るよだれと白い牙が見えた——もう駄目だ、と思った瞬間、自分の体が後ろから突き飛ばされた。体が前につんのめると同時に、頭の上で牙が合わさるガチッという恐ろしい音がした。その直後、ぼくは地面に転がった。

振り返ると、そこにはママが立っていた。ぼくをすんでのところで突き飛ばして助けてくれたのはママだった。

青嵐号は低い唸り声を上げてママを睨んだ。ぼくは「ママ、逃げて！」と叫んだ。

しかしママは逃げなかった。倒れているぼくの体を庇《かば》うように、犬の前に立った。

「うちの子に手を出すんじゃないよ！」

青嵐号はママに飛びかかったが、ママは身を伏せてよけた。鋭い牙がママのブラウスの肩口を切り裂いた。

青嵐号はもう一度飛びかかったが、ママは空中で犬の首輪を摑んだ。そして巨大な土佐犬の体を振り廻して地面に叩きつけた。青嵐号はすぐに立ち上がってママに向かおうとしたが、ママはそれよりも早く犬の上にのしかかった。そして土佐犬の太い首に腕を廻してヘッドロックのように締めあげた。青嵐号は公園中に響くようなものすごい唸り声を上げたが、ママは容赦《ようしゃ》しなかった。顔を真っ赤にして両腕に力を込めた。やがて首が折れるような鈍い音がして青嵐号がぐったりとなった。

ママは青嵐号が死んだのを確かめてから、立ち上がった。ブラウスが犬の牙で引き裂かれ、左肩から背中が剝《む》き出しになって下着まで見えていた。

「ママ！」

ぼくはママに抱きついた。ママは荒い息をしながらもぼくを抱きながら「怪我はない？」と訊いた。ぼくはうなずいたが、その時、ママの左肩から二の腕にかけて竜の模様が見えた。それは生まれて初めて見るものだった。いや、違う。ずっと小さい頃、お風呂場で見たような記憶がある――。

いつのまにか周囲に人だかりができていた。

みんなはママが巨大な土佐犬を絞《し》め殺したことにびっくりしていた。

どこかの知らないおじさんが「ドラゴン中山《なかやま》じゃないのか」と言う声が聞こえた。誰かが「まさか」と言った。

「間違いない。背中のタトゥーが証拠だよ」

別の知らないおじさんが「すげえな！」と大きな声を上げた。

「伝説の怪物プロレスラーがこんなところに！」

淑女協定

「お久しぶりですね」

声を掛けられて振り返ると、佳織《かおり》が立っていた。予期せぬ再会に、俺は少しどぎまぎした。

佳織に会うのは、彼女の結婚式以来、三年ぶりだ。

佳織の後ろには、夫の高橋《たかはし》が立っていた。高橋は営業部の一年後輩で今年二十九歳になる。高橋の四歳年下の佳織も元は同じ営業部だったが、結婚を機に会社を辞めていた。俺の会社では、一般職の女性は社内結婚をすると会社を辞めなければならないという不文律《ふぶんりつ》があった。一説では、一般職の女性は男性社員の結婚相手として採用していると言われていた。

「やあ、久しぶりですね」

俺は自然を装って挨拶《あいさつ》した。佳織もまた丁寧《ていねい》にお辞儀《じぎ》した。

この日はホテルの大広間を借りて会社の創立式典と昼食懇親会《こんしんかい》を兼ねたパーティーがあり、社員は夫婦同伴で出席することになっていた。式が始まるまで少しあったから、俺は妻と二人でロビーで時間をつぶしていたのだ。

豪華な広いロビーでは、俺の会社の者たちが何人かたむろしていた。中には幼い子供連れで来ている夫婦もいる。それぞれ所属する部同士で集まっていた。

「奥様でいらっしゃいますか」

佳織は俺の隣に立つ絵美《えみ》を見て訊《たず》ねた。

「はい、家内です。二年前に結婚しました」

「初めまして、絵美と申します」

妻の絵美が佳織に挨拶した。

「こちらこそ、初めまして。高橋と申します。昔、中島《なかじま》さんの下で働いていました」

佳織は妻に挨拶すると、俺の方を向いて、「お綺麗《きれい》な方ですね」と言った。

俺は、どうもと答えた。

「やっぱり、中島さんはもてるから美人の奥さんを貰《もら》われましたね」

佳織の言い方には少しけんがあった。しかし佳織の夫の高橋も、俺の妻の絵美もそれには気付かないようだった。佳織はかつて俺が付き合っていた女だった。佳織自身は俺と結婚したかったようだが、俺には最初からその気はなかった。一年近く付き合った末に俺が捨てるような形で別れた。佳織が高橋と付き合い始めたのはそれからまもなくだ。もちろん高橋は佳織が俺と付き合っていたことを知らない。

「よう、中島」

不意に後ろから肩を叩《たた》かれた。振り返ると、同じ営業部の先輩の堂場《どうば》と岩崎《いわさき》だった。二人ともそれぞれ妻を連れていた。堂場の妻の由紀子《ゆきこ》も、岩崎の妻の博美《ひろみ》も、昔は営業部の一般職の社員で、高橋の妻の佳織を含めた三人は同期入社だった。その年、営業部に配属された女子社員は彼女たち三人だけで、いずれも可愛《かわい》い顔立ちをしていたので、「三人娘」と呼ばれ、男性社員の人気を集めていた。

元「三人娘」は久しぶりの再会を大いに喜び、夫そっちのけで話に花を咲かせ始めた。俺の妻の絵美は三人とは初対面だったので、その輪に加わることはせず、俺の傍《そば》についていた。

「昔と同じだな」

一番年長の堂場が三人の妻に言った。堂場は俺の四歳年上で係長だ。

「休み時間になったら、そうやってピーチクパーチクとよくお喋《しゃべ》りしてたよなあ」

「毎日、退屈な主婦をしてるのよ。久しぶりに会って昔に戻って何が悪いっていうのよ」

堂場の妻の由紀子が少しふくれっ面《つら》をしてみせた。

「いやいや、なんか昔の華《はな》やいだ雰囲気を思い出して楽しいよ」

堂場が取りつくろった。

「そうだよ。『三人娘』時代を思い出したよ」岩崎が笑いながら言った。

その時、堂場が俺の方を見て、何やら目で合図するのがわかった。堂場の視線の先に、佳織がいた。堂場は俺と佳織が昔付き合っていたことを知っている。それで、この突然の再会に下世話な興味を示したのだ。俺は心のうちで苦笑した。

堂場がそのことを知っているとわかったのは、佳織が結婚してしばらく経《た》った頃だ。ある日、俺は堂場に飲みに誘われ、そこでいきなり「高橋の嫁さんと付き合っていただろう」と言われたのだ。

「なんで、それを知ってるんですか?」

そう聞くと、堂場は嬉《うれ》しそうに「女房から聞いたんだ」と言った。なるほどと思った。そう言えばその少し前に、堂場は三人娘の一人、安部《あべ》由紀子と結婚していた。

「坂口《さかぐち》佳織はああ見えてなかなかの発展家らしいな」

「そうなんですか。よく知りませんが」

堂場はにやにやした。

「坂口が佐藤《さとう》課長と不倫してたことは知ってるか？」

俺は驚いた。

「お前と付き合う前だ」

「本当ですか？」

「ああ、全部、女房に聞いた」

佐藤課長は女たらしで有名だった。そう言えば、三人娘が配属された時、佐藤課長は坂口佳織が一番のお気に入りだったことを思い出した。

「知らなかったんだな」

俺はうなずいた。

「女房から、坂口佳織の話は全部聞いている」

そう言えば、由紀子と佳織は特に仲が良かった。

「坂口と結婚しなくてよかったぞ。課長のお古を貰ったと陰口を叩かれるからな」

俺は冷や汗をかいた。もともと遊びのつもりだったが、結婚する可能性もないわけではなかった。そうなっていたら、佐藤課長にどんな目で見られるかわかったもんじゃない。それに口さがない連中からは、「課長のお古を貰った」と陰で嗤《わら》われ続けることになる——。

「それにしても、女同士ってのは怖いな。同性の気安さからか、何でも喋るんだなあ」

堂場はウイスキーで赤くなった顔でにやりと笑うと、俺の顔を覗《のぞ》きこんだ。

「お前の性癖も聞いてるぞ」

俺は「そうですか」と言いながら、平静を装って水割りのグラスを口に運んだ。

「ガーターベルトが大好きなんだってな」

思わず水割りでむせそうになった。

「ホテルに行く時は、いつもお気に入りのガーターベルトとストッキングを用意して、女に着用させるらしいじゃないか」

そこまではっきり言われては笑うしかなかった。女というのはそういう話まで友だちにするものなのか。女同士という信頼感があるからだろう。互いにそれをよそには漏《も》らさないという暗黙のルールがあって話している。しかし女たちはそのルールをしばしば破る。それは恋人や夫には、友人の性の秘密も全部ばらしてしまうことだ。

「しかし、ガーターベルトとはな。聞けば、何種類も持ってるらしいじゃないか」

堂場は言いながら我慢しきれなかったのか、くっくっと笑った。

俺は堂場によほど言ってやろうかと思った。あんたの女房の安部由紀子は学生時代に黒人とセックスしてるんだぜ、と。

これは佳織から聞いた話だ。「由紀子ちゃん、大学時代にロスに留学してた時、黒人の彼氏がいたんだって」。佳織は由紀子から聞いた話をそっくり教えてくれた。「彼氏というからには、当然アレもしてたんだろうな」と質問した俺に、佳織は、「当たり前じゃない」と言い、すぐにくすくす笑いながら「あそこはすごく大きかったって」と付け加えた。

堂場にからかわれて少々腹が立った俺だが、さすがに彼にはその話をしなかった。しかし後日、何人かの同僚には「ここだけの話だぜ」と前置きをして、堂場の妻の話をしてやり、少し溜飲《りゅういん》を下げた。

パーティーが始まるまではまだ少し時間があった。それでもロビーにはかなりの人が集まっていた。急いで大広間に行っても、重役たちに挨拶するだけなので、若い社員はぎりぎりまでロビーでたむろしていたのだ。

俺は絵美に「トイレに行ってくる」そう言うと、ロビーの奥のトイレに向かった。

トイレに入ると、先輩の岩崎が洗面台で手を洗っていた。俺が会釈《えしゃく》すると、岩崎は濡れた手を乾燥機に当てながら、「昔の女を見て、むらむらしないか」と言った。

俺は「やめてくださいよ」と言いながら、岩崎も知っていたのかと思った。たしかに佳織が由紀子にだけ喋って、博美に話していないということは考えにくい。おそらく岩崎も妻の博美から聞いたのだろう。

「昔の自分の女が人妻になっているのを見ると、どんな気分だ」

「別に何とも思いませんよ。もう三年も前のことですし——」

「家内に聞いたんだが、お前、坂口佳織にふられたんだろう」

心の中で、えっと思った。

「まあ、よくあることだよ」

佳織が友人たちに俺の話をする時は、自分がふったことにしてるんだなとわかった。ということは、この話は自分の知らないところで結構広まっている可能性もある。まあいいさ、ふったよりもふられたことにしている方が何かと都合がいい。

「けど、坂口と何回もやれたんだから、いいよな」岩崎は下卑《げび》た笑いを浮かべて言った。「あれはナイスバディだもんな」

たしかに三人娘の中では佳織は一番のグラマーだった。特に大きい胸は男性社員の注目の的だった。

「あれはDカップか」

「Eカップです」俺は答えた。「今はどうか知りませんが」

「Eカップかあ」

岩崎はため息をつきながら、それでも少し自慢げに言った。「俺の家内はDカップだからな」

あんたの女房の胸は作りもんだぜ、と言ってやりたかった。博美は入社する前に豊胸手術でAカップからDカップにしたのだ。これも佳織から聞いた話だ。

「けど、いくらEカップでも課長や中島にさんざん吸われたオッパイなんか有難《ありがた》くないよな」

岩崎はそう言って嬉しそうに笑った。「それも、まだ日本人なら我慢できるけど、堂場さんの女房みたいに黒人にやられまくった女を女房にする気にはなれないよな」

俺は「そうですね」と言ったが、心の中では、馬鹿が、と毒づいた。あんたの女房の作りもののオッパイは、今ロビーにいる堂場さんも吸ったんだよ。

何年か前の忘年会の夜に、堂場と博美がホテルでセックスしたことは一部の者たちに知られていた。それなのに岩崎本人は知らないのだ。もっとも知っていたら、博美を妻にはしなかっただろう。

「じゃあな、先に行くぜ」

岩崎は乾燥機で乾かした手を軽く振ると、トイレを出た。

一人で洗面台で手を洗っていると、高橋がトイレに入ってきた。

「あ、中島さん」

高橋は軽く頭を下げた。

「三人娘は仲良くやってるか」と俺は訊いた。

「すっかり昔に戻って、後輩のOLたちの男関係を噂《うわさ》してますよ」

俺は笑った。

「堂場さんも岩崎さんも喜んで聞いてますけど、二人とも自分の奥さんも同じような派手な男関係があったこと、知らないんですからね」

「へえ、そうなのか」

「女房の佳織から全部聞いてるんですよ。また、機会があったら、話しますよ」

「頼むよ。是非《ぜひ》聞かせてくれ」

俺はそう言って、トイレを出た。

おかしくてたまらなかった。皆、他人の女房の話はよく知ってるのに、自分の妻のことはからきし知らない。

それにしても世の女たちは何と自分たちのセックス体験を友人たちに赤裸々《せきらら》に語るものなのか。もちろんそんな女たちばかりではないだろうが、何でも話せるグループというか、そういう関係の女同士には会話のタブーはないに等しいのだなと思った。

もちろん男同士もそうだ。酒の席などで、自分のセックスを微に入り細にわたって話す男は決して少なくない。セックスした女の実名を挙げる男はいくらでもいる。女が同じことをしても何ら不思議ではない。

女同士は互いに秘密を漏らさないという紳士協定ならぬ「淑女協定」で話しているのだろうが、その秘密は恋人や夫にまでは保てない。結局そうして秘密は漏れ出すというわけだ。

俺は、ロビーにいる高橋、堂場、岩崎の顔を思い浮かべて、笑いが込み上げてきた。あの三人は互いの女房の性体験やスキャンダルは全部知っているのに、自分の妻のことだけは何も知らない。こんな皮肉なことってあるだろうか。

俺は佳織と付き合っている時に、由紀子や博美、あるいはそれ以外の営業部の女性たちの様々な話を聞き、絶対に社内結婚はしないと決めた。自分が知らない妻の男関係を周囲の男たちが知っているというのはとても耐えられない。

俺は大学の後輩が主催した「お見合いパーティー」で絵美を見つけた。ちょうど二年前だ。絵美は派遣社員だった。彼女の整った顔立ちを見て、いっぺんに夢中になった。何度もアプローチして、半年後にようやく結婚にこぎつけた。

絵美は処女ではなかったが、気にならなかった。過去の男性遍歴も訊かなかった。特に知りたいとも思わなかったし、仮に訊いたところで女は正直に答えない。絵美ほどの美人なら過去に付き合った男性は三人や四人いてもおかしくはない。それくらいなら十分許容範囲だ。絵美を抱いた男の中に知人さえいなければいい。もしそんな人物がいたら、自分の知らないところで妻の性遍歴が話題にされてしまう。それだけは嫌だった。絵美は地方出身で、それもまた都合がよかった。互いの過去を知る共通の知人がいない関係というのはむしろ気が楽だ。

実際に暮らしてみて、妻としても十分満足のいく女だった。料理は上手《うま》いし、家事もまめにこなした。都会出身のすれた女よりもよほど当たりを摑《つか》んだと思った。


ロビーに戻ると、絵美が高橋たちのグループから少し離れたところでポツンと立っていた。

「ごめん、ネクタイを直していたんだ」

「私もお手洗いに行こうと思ってたの」

絵美がそう言ってトイレに向かいかけた時、誰かが声を掛けた。振り返ると、赤いミニスカートを穿《は》いた若い女だった。髪は金色に染められ、派手な顔立ちの人目を引く美人だった。

「絵美ちゃんじゃない。久しぶりね」女は言った。

「まあ、新井《あらい》さん。お久しぶり」

絵美は丁寧にお辞儀した。

「新井さんだなんて」女は大きな口を開けて笑った。「よそよそしいじゃない。そんなふうに呼んだこともないのに」

絵美は曖昧《あいまい》に微笑《ほほえ》んだ。

「髪の毛が黒いから一瞬わからなかったわ。二年ぶりくらい？」新井は言った。

「私の主人です。今日は主人の会社のパーティーがあるんです」

絵美は俺を紹介した。新井は初めて俺の存在に気付いたらしく、少し驚いたようだった。

「初めまして。絵美さんとはずっと一緒にお仕事をしておりまして。私、新井と申します」

「初めまして、中島です」

「今日は何ですか？」絵美が新井に訊いた。

「お客さんにデートに誘われて――お得意さんだし、断れなくて」新井は時計を見ながら言った。「でも、たまには一流ホテルで昼食も悪くないしね」

絵美は「そうですね」と相槌《あいづち》を打った。

「家内とは同じ職場だったんですか」

「あ、はい」

「新井さんとは同じ派遣会社にいたのよ」

絵美が説明した。

「絵美さんには、いろいろと教えていただき、お世話になりました」

「いえいえ、こちらこそ家内がお世話になって――」

新井は俺の言葉が終わらないうちに、「それでは、また」と言って、その場から離れた。

「絵美は昔、髪の毛を染めてたの？」

新井が遠ざかってから、絵美に訊いた。

「ああ、髪の毛？　ちょっとだけ茶色く色を付けてたの」

絵美はそう言うと、「私もお手洗いに行ってきます」とトイレに向かった。

俺が高橋たちのいるところに戻ると、堂場が近寄って来て、「おい中島。あの女、知ってるのか」と小さな声で訊いてきた。

「あの女って？」

「金髪の女だよ」

堂場はちらっと振り返って目立たないように指差した。新井の後ろ姿があった。

「知りません」

「さっき喋ってたんじゃないのか」堂場は詮索《せんさく》するような調子で言った。

「エレベーターの場所を訊かれたんです」俺は咄嗟《とっさ》に嘘をついた。「堂場さんの知り合いですか？」

堂場はにやにやして「知り合いってわけじゃないが、二度くらい会ったかな」と言った。

「出張ソープ嬢だよ」

深夜の乗客

工藤安夫《くどうやすお》は眠い目をこすりながら車を走らせていた。

強い雨が降っている。時刻は夜中の一時を過ぎていた。終電はとっくにない。安夫の運転するタクシーは都心の繁華街から少し外れた飲み屋街を流していた。

繁華街では同業者が何台もひしめきあっていて、客はつかまらない。それに、路上駐車しながらじっと客を待つよりも、こうして街を流している方が性《しょう》に合う。

しかし今夜は日中から雨が降っていたせいか、出歩いている人が少ない。もう十時間近く走っているが売り上げは伸びない。日付が変わった時に、あと一人客を乗せたら今夜は終わりにしようと思ったが、一時間以上も客を拾えなかった。もう今夜は諦《あきら》めて帰ろうと思った。個人タクシーだけにそのあたりは自由だ。五十歳を過ぎて深夜の走行はこたえる。

車を自宅の方に向けようとした時、数十メートル先の歩道で、白いレインコートを着た一人の女の姿が見えた。手を上げている。足元が少しふらついているようだ。

若い娘だな、と安夫は思った。しかも酔っている。

一瞬、気付かないふりをして通り過ぎようかと考えた。こんな時間に酒に酔った若い娘を乗せるのはトラブルのおそれがある。引き上げようとしていたところに、わざわざ乗せる客でもない。

そう考えて、安夫はメーターを回送にしようとした。しかしその瞬間、目の前の信号が黄色から赤になったので、ブレーキを踏んだ。車がスピードを落としたのを見て、女は車道側に足を一歩踏み出した。安夫はメーターを回送にするタイミングを失って、女の前で車を止めるはめになってしまった。

しぶしぶ後部ドアを開けると、女は黙って車に乗り込んできた。ずぶ濡れになったレインコートで座席に座られて、安夫は心の中で舌打ちした。

「どこまで？」

女は俯《うつむ》いたまま答えなかった。安夫はもう一度行き先を訊《たず》ねた。

女が何か言ったが、小さな声で聞き取れなかった。安夫はいらいらしてもう一度質問した。

女は今度はさっきよりも大きな声で行き先を告げた。女が口にした場所は、都心からかなり離れた住宅地だった。何度か行ったことがある。ここからだと三十キロ以上ある。安夫は少しうんざりした。

料金は一万円を超えるだろうが、帰りの時間を考えると割に合わない。もう引き上げようと思っていただけに、ついてないなと思った。しかし今更乗車拒否はできない。

安夫は内心でしかたないなあと思いながら、メーターを倒してギアを入れた。

タクシーを走らせながら、バックミラー越しに後ろを見た。女は座席に深く腰掛け、下を向いている。長い髪は雨でべっとりと濡れて光っていた。顔は俯いているせいでほとんど見えない。

女はかなり酔っているように見えた。この雨の中を傘もささずに深夜の路上につっ立っていたのだから、どうせ男に振られるかなにかしたのだろう。別れ話に動顚《どうてん》して、傘も忘れて店を飛び出したものの、男が追いかけてくることもなく、独り雨の中を彷徨《さまよ》った挙句《あげく》にずぶ濡れになって、気が付けば終電もない——そんなところだろう。

安夫自身、何回かそんな女を乗せたことがある。タクシーの中でぐずぐず泣き出したりするからすぐにわかる。運転中に後部座席でずっと泣かれているというのは気持ちのいいものではない。

携帯電話で男に電話して、喧嘩《けんか》を始める女もいた。ごくまれだが、からまれることもある。愛想が悪いという理由で、目的地に着くまで、ずっと文句を聞かされたこともあった。よほど悪酔いしたのか、タクシーの中で吐かれたこともある。そんな時はもう仕事はあがったりだ。

「高速に乗っていいですか？」

返事がなかった。

もう一度訊ねると、バックミラーの女はゆっくりと首を横に振っているのが見えた。口で返事しろよ、と思いながら、安夫は「じゃあ、高速料金は私が払いますので」と告げた。女は黙っていた。

ちぇっ、とんだ出費だ、と安夫は心の中でぐちった。

タクシーが高速道路に入った途端、雨は一層強くなった。安夫は無言でハンドルを握っていた。

三十分ほど走ったところで、タクシーは高速を降り、一般道に入った。

しばらく走ると山道になった。女の言っていた町はこの道を抜けたところにある。このあたりはめったに車が通らない。一台も対向車に出会わなかった。雨はさらに強くなっていた。

「ひどい降りですね」

安夫がそう言ったが、返事はない。愛想の悪い女だなと思った。

しばらく山道のカーブが続いたが、ふとバックミラーを見ると、後部座席に誰もいなかった。女が消えていたのだ。

安夫は驚いてバックミラーの角度を変えた。するとミラーは女を映《うつ》し出した。いつのまにか助手席の後ろから運転席の真後ろに移動していたのだ。

その時、バックミラーの中で女と目が合った。女はにやっと笑った。

安夫はその笑顔を見て、何となく自分がバカにされているような気がして不愉快になった。こっそりと座席を移動なんかして驚かしやがって、若い女のくせにろくでもない奴だ。つまらない悪戯《いたずら》をしやがる。

いや、と安夫は考え直した。別に悪気はなかったのかもしれない。単に座る位置を変えてみただけかもしれない。

しかし、そんな客はいないと考えなおした。たいていの客は一旦座ったら、席を変えたりしない。たまに横になって寝てしまう奴はいるが。

安夫はそんなことをぼんやり考えながら運転を続けていたが、何気なくもう一度バックミラーに目をやると、なんとまた女が消えていた――。慌《あわ》ててバックミラーの角度を変えると、今度は助手席の後ろの位置に女は座っていた。

――いったい、何なんだ、こいつは。

安夫が女をじっと睨《にら》んでいると、女もまたバックミラーを通して安夫を見た。そしてまたにやっと笑った。

この女は頭がおかしいのかもしれないと不安がよぎった。可哀相《かわいそう》に、心の病かもしれない。傘を持っていないのもそのせいではないか。

よく見ると女は綺麗《きれい》な顔立ちをしていた。美人なのに、頭がおかしいというのは苦労するだろうなと思った。そんなのは男に食い物にされるだけだ。どうせなら、顔も不細工《ぶさいく》な方が幸せかもしれない。いや、世の中にはそんな女でも平気でセックスしたがる男が沢山《たくさん》いるから、たいして変わらないか。

安夫は走りながらバックミラーを何度も見た。女の顔には表情がなかった。いや、注意深く観察していると、薄ら笑いを浮かべているような感じもする。しかも目は焦点が合っていないようだ。髪の毛は濡れてべっとりと頰《ほほ》に張り付いている。女は髪を拭《ふ》こうともしない。

安夫はふと、幽霊みたいな女だなと思った。深夜、雨に濡れた女がタクシーに乗ってくるなんて、よくある怪談みたいではないか。

突然、忘れていた嫌な記憶が甦《よみがえ》ってゾッとした。数年前、幽霊を乗せたことがあったのだ。まだ個人タクシーをやる前の話だ。この仕事を二十年もやっていれば、たいていの者が一度くらいはそんな経験がある。そう言えば、あの日もこんな雨の夜だったような気がするが、気味悪い思い出なので、ほとんど覚えていなかった。

安夫は嫌な気分をまぎらわせようとラジオのスイッチを入れたが、ちょうど山間《やまあい》で電波状況が悪いのか、いつも聞いているFMがうまく入らなかった。AMに切り替えていくつかの局に合わせてみたが、いずれも雑音ばかりだったので、しかたなくラジオを消した。

タクシーは深夜の道を走っていく。相変わらず対向車は来ない。街灯も少なく、ヘッドライトがなければ、真っ暗闇だろう。

ふと、何か歌声が聞こえてきた。聞こえるか聞こえないかというかすかな音だった。ラジオを切り忘れていたのかと思ってスイッチを確認したが、ちゃんと切れていた。

不意に歌声は消えた。

気味の悪いこともあるもんだと安夫は思いながら、しばらく車を走らせていると、また歌が聞こえてきた。耳を澄ますと、歌声は後部座席からだった。女が歌っていたのだ。

じっと聞いていると古い昭和の歌謡曲だった。題名は思い出せないが、たしか西田佐知子《にしださちこ》の曲だ。若いのに懐《なつ》メロかよ、と安夫は心の中で笑った。この女、どこまで変わってるんだ。

こんな気味の悪い客は早く降ろして、さっさと帰って寝よう。

タクシーはやがて山道を抜けて住宅街に出た。この辺りには何度か来たことがあるが、そのたびによくこんなところに住宅地を造ったなあと感心する。この土地が造成されたのは三十年以上前だ。しかし今では都心からもっと近い場所が開発され、この一帯は忘れられたようになっている。最近では新築される家もほとんどなかった。

「お客さん、どちらですか？」

安夫は女に訊いた。女が何か言ったが、聞こえなかった。

安夫はもう一度訊いた。

「……まっすぐ」

女は消えそうな声で答えた。

「まっすぐ？」

バックミラーの女が小さくうなずくのが見えた。

安夫は、大丈夫かなと思いながら、タクシーをまっすぐ走らせた。

「そこ、左」

突然、女が言った。

安夫は慌てて、左折のウインカーを出した。見ると前方に左に入る道がある。

細い道だった。おまけにところどころに車が路上駐車しているので、走りにくかった。

古い住宅地ってのはこういうことが多いから嫌なんだ。昔は車を持たない人も少なくなかったから、駐車場のない家が多い。それが息子の代になって車を持つようになると、家の前に路駐するようになる。

「そこで、止めてください」

女が言った。

安夫はそことというのがどのあたりかわからなかったが、女が言ってから、十メートルほど走ったところで車を止めた。

「この家です」

女が左側の家を指差した。

「ああ、そうですか」

安夫は、あんたの家なんてどこだっていいよ、と思いながら相槌《あいづち》を打った。

みすぼらしい感じの家だった。見るからに安っぽい建売住宅の一軒家だった。外から覗《のぞ》くと家の中は暗くて、家人は寝ているようだった。あるいは女が一人で住んでいるのか。

「一万二千三百円です」

安夫はメーターを止めて言った。

「……一万二千三百円」

女はおうむ返しに呟いたきり、動かなかった。

おいおい、と安夫は心の中で言った。嫌な展開だ。

「お金は……ありません」

安夫はため息をついた。ここまで予想通りの展開ってあるのか。

「ないって、どうするの?」

「家に帰って、お金を持ってきます」

安夫は左に見える家をちらっと見た。

「じゃあ、取って来て」

安夫はそう言って、後ろのドアを開けた。

女は鈍《にぶ》い動作でタクシーを降りた。安夫は体を半身にしながら、窓越しに女を目で追った。

女が鍵を開けて家の中に入っていくのを確認すると、安夫は胸ポケットからタバコを取り出して火をつけた。車は一応禁煙車だが、どうせもう今夜は客を乗せるつもりはない。

女はなかなか戻ってこなかった。安夫はいらいらした。何をしてるんだ。こっちは早く家に帰りたいのに。

今頃、家の中の金をかき集めているのかもしれないと思うと、うんざりした。もしかして、陰気な顔をして戻ってきて、「すいません、少しお金が足りません」とか言うんじゃないだろうな。冗談じゃないぜ。一円だってまけてやらない。

しかし現実に金がないと言われたらどうする？　こんな時間に警察に行くのも面倒な話だ。それで金が貰《もら》えるならいいが、無賃乗車の現行犯ともなれば、一銭も入らない。女が警察に捕まろうが、罰金を喰らおうが知ったことではないが、こっちに得なことは何もない。

そんなことを考えているうちに、タバコを一本吸い終わってしまった。安夫は舌打ちをしながらエンジンを切ると、タバコを窓から捨てて車を降りた。

女が消えた家の前に来て、インターホンのボタンを押した。しかし応答はなかった。

安夫はぼんやりと家を眺めた。窓はあったが、家の中に明かりは灯《とも》っていない感じだった。電気でも止められているのか、と安夫は思った。嫌な予感がますますふくらんだ。

家の壁はところどころモルタルが剝《は》げていて、ひびも入っていた。まるで長い間空き家だったようだ。玄関ポーチには、ディズニーのアニメに出てくる七人の小人の人形が並んでいた。しかしその人形は手が欠けたり顔の一部が壊れていた。数えてみると五体しかなかった。玄関の前のタイルは方々割れて、そこから雑草が生《は》えている。

それを見ていると、安夫は何とも言えない哀れな気持ちになって来た。この家にも昔は希望がいっぱいあっただろう。この建売住宅を買った時は、家族は夢があふれていたに違いない。この人形も子供のために飾ったのだろう。その頃は幸福な生活だったはずだ。

もしかしたら、父親が亡くなって生活が窮乏《きゅうぼう》したのかもしれない。家の周囲の荒れようを見れば、暮らしに余裕がないことは一目瞭然《いちもくりょうぜん》だ。しかも娘は少々頭がおかしい。しかしだからと言って、タクシー料金の話は別だ。きっちりと支払ってもらわないといけない。

安夫はインターホンを諦め、ドアを強くノックした。

少し遅れてドアの隙間《すきま》を通して、家の中に明かりが灯るのが見えた。家の中から何かを引きずるような小さな音が漏れてきた。やがて鍵を開ける音がして、ドアが開いた。

安夫の目の前には老婆が立っていた。

「夜分にすいません」安夫は言った。「お宅のお嬢さんから、タクシー料金をまだいただいていないのですが」

老婆は安夫の言葉を聞いて、目を大きく見開いた。そして大きな口をあんぐりと開けた。その表情は明らかに変だった。

おいおい、ばあさんまでもかい、と安夫はうんざりした。

「お宅の娘さん、タクシー料金を払ってないのですよ」

安夫は少し大きな声で繰《く》り返した。

「娘――ですか？」

「ああ、お孫さんかもな。髪の毛の長い娘さんだよ。さっき、帰って来ただろう」

安夫がきつい口調で言うと、老婆は顔を引きつらせた。

それから急に安夫に背を向けると、家の中に戻っていった。

「おい――どこへ？」

安夫は半開きのドアに手を掛けたまま、老婆を呼んだが、彼女は足を引きずりながら廊下の奥に消えた。

安夫はとんでもない夜になったぞと思った。厄介《やっかい》な客を乗せてしまったばっかりに――。

さて、ばあさんは奥へ引っ込んでしまった。これからどうする？

その時、奥から老婆が戻って来た。手に何かを持っている。

「運転手さん」

と老婆は震えるような声で言った。

「タクシーに乗ったのは、この子ですか？」

老婆は安夫に額に入った大きな写真を見せた。そこには長い髪の細面《ほそおもて》の若い女が笑顔で写っていた。

「ああ、この女だよ」

安夫は言った時、ぞっとした。こんなふうに大きな額に入れた顔写真って――。

老婆は写真を胸に抱えたまま、ひざまずいた。そして突然泣き出した。

「ど、どうしたんですか？」

「この子は――」老婆は俯きながら涙声で言った。「二十年前に亡くなりました」

「何ですって？」

「今夜はこの子の命日です」

安夫は言葉を失った。

「あの子がここへ帰ってきたのですか。……そうですか」

老婆は顔を上げ、安夫の顔を見た。そして、にやっと笑った。歯が抜けたその顔は不気味だった。安夫は背筋が寒くなった。

「娘が帰ってきた。娘が帰って来た」

老婆は写真を胸に抱きながら、呆《ほう》けたように繰り返した。

安夫は靴を脱ぐと、玄関に上がり込んだ。

「な、何をするの？」

老婆が言うのもかまわず、安夫は廊下の奥へと進むと、リビングのドアを開けた。

そこではタクシーに乗っていた女が男と一緒にお茶を飲みながら饅頭《まんじゆう》を食べていた。

安夫はため息をつきながら、「今、思い出したよ」と言った。

「この手口、五年前にも引っかかったよ」

隠れた殺人

「親父も成仏《じょうぶつ》したかなあ」

長兄の一郎《いちろう》がビールで赤い顔をしながら言った。父の四十九日の法要が済み、会食も終わった頃だった。珠代《たまよ》は黙って兄のグラスにビールを注《つ》いだ。

さっきまで八畳の居間の和室で、一郎夫婦、弟の健二《けんじ》夫婦、その下の珠代の五人が大きなテーブルを囲んで食事をしていたが、今は兄妹三人しかいない。二人の妻は食事の後片付けで台所に下がっている。珠代も手伝おうとしたが、義姉たちに「珠代ちゃんはいいから」と言われたのだ。

兄の子供たちは隣の洋間にいた。

「八十六歳まで生きたんだから、まあ不満はないだろう」

次兄の健二が言った。

「平均寿命をオーバーして不満を言えばバチが当たるよ」一郎が笑った。

「四十九日経《た》ったら、あの世に行くのかしら?」

と珠代が訊いた。

「そういう風に聞いてるよ。四十九日は来世の行き先が決まる日だから、この日は故人が極楽浄土に行けるように、法要を営《いとな》むわけだ」

一郎が説明した。珠代の四つ年上の一郎は今年五十歳になる。地元の役所に勤めていて、父とはずっと同居していた。一郎の二つ下の健二は保険会社に勤めているが、若い頃から転勤族だった。珠代の夫は都内でサラリーマンをしているが、今日はどうしても抜けられない仕事で法要は欠席していた。

「じゃあ、法要をしなかったら、極楽には行けないのかしら」

「仏教によると、そういうことになるな。だから、坊主にもたんまりお布施《ふせ》を差し上げるというわけだ」

「地獄の沙汰《さた》も金次第ってわけか」

健二が笑いながら言った。

「じゃあ、お父さんは、今頃、迷わないで極楽に行けてるかしら?」

「まあ、学者だから、道に迷ってうろうろするなんてことはないだろう」

「大学教授なんてのは、意外にそういうことには疎《うと》いんだぜ。昔、箱根《はこね》に家族旅行した時に電車を間違えたことがあっただろう」

「ああ、あったな」

一郎は少し苦《にが》い顔をした。珠代もそれを思い出した。

あれは四十年以上も昔のことだ。父はあの時、電車を乗り間違えたのに、そのことを恥じるどころか、それを家族のせいにした。一郎がはしゃぎすぎていたからだと言って、それを庇《かば》った母を怒鳴りつけた。三人の子供たちは泣いてしまい、旅は最悪なものとなった。

「プライドが異常に高い人だったからな」

健二の言葉に一郎がうなずいた。

「それにいつも機嫌が悪かった」

「ああ、一日中、苦虫を嚙《か》み潰《つぶ》したような顔をしてたな」

珠代もたしかにそうだったと思った。

家の中で、父の笑った顔を見たことがない。それに子供たちには厳しかった。テレビのお笑い番組やアニメも観せてもらえなかった。唯一観せてもらえたのはNHKだけで、そのため小学校時代は友だちとのテレビの話題に入って行けなかった。冗談の嫌いな人で、家族が馬鹿笑いするのさえ嫌った。

小学生の子供の友人関係にも厳しく口を出すので、兄たちは家に友だちを呼ばなかった。ただ、なぜか珠代にだけは甘くて、友だちを連れてきてもにこにこしていた。

「けど、よく解剖されなかったな」

ふと健二が言った。

「まあ、そこのところはな」一郎が言った。「いろいろあってな」

「解剖って何？」

と珠代は訊いた。

「行政解剖だよ」と健二が言った。「自宅で死んだ場合は必要なんだよ」

健二は生命保険会社に勤めているだけに、そういうことに詳しい。

「お父さんは心筋梗塞《こうそく》なんでしょう」

「そういうことになってるね」

健二の言葉に、一郎が苦笑した。

「ねえ、どういうことなのよ?」

と珠代は重ねて訊いた。

「病院で人が死んだ場合ははっきりした死因がわかっていて医師の死亡診断書があるから何の問題もない。けど、自宅で死んだ場合は、基本的には全部、変死扱いになるんだ」

「じゃあ、お父さんも変死だったの?」

「家内の正恵《まさえ》が発見したんだけどね。朝起きてこないから、部屋に入って見ると、死んでいたんだ」

「自宅で死んだ場合は――」と健二は言った。「犯罪の客観的状況がなくても医師が看取《みと》っていない死はすべて変死扱いになるから、警察に届け出て監察医の検案をもって死因を突き止める必要があるんだ。死因が特定できない場合は行政解剖になる」

「知らなかったわ」

「行政解剖で他殺の疑いがあれば、司法解剖になる。いずれにせよ、自宅で死んだ場合は結構厄介《やっかい》なんだ」

「解剖しないとどうなるの?」

「葬儀屋は遺体を引き取ってくれないから、葬式もあげられないし、火葬もできない」

「じゃあ、お父さんの場合はどうしたの？」

「知り合いの医者に頼んで、死体検案書を書いてもらったんだよ」

と一郎は説明した。

「心臓病のお医者さんなんか知り合いがいたの？」

「死体検案書を書くのは、何科の医者でもいいんだよ。だから、俺のかかりつけの整形外科医の先生に頼んだんだよ」

珠代は驚いた。

「じゃあ、本当に心筋梗塞だったの？」

「さあな。もしかすると、クモ膜下出血かもしれない」

「死因がそんなにいい加減なものでいいの？」

「そんなこと言っても、親父はもう死んでるんだぜ。心筋梗塞だろうが脳溢血《いっけつ》だろうが、同じことだろう」

一郎は投げやりな調子で言った。ふと珠代は一郎と父があまり仲が良くなかったことを思い出した。

「まさか、お兄さん、何かしたんじゃないでしょうね」

「馬鹿言え！」

一郎は半分怒りながら、それでも半分は笑いながら言った。「そんなことやって、何か得なことがあるかよ」

もちろん珠代にしても本気で言ったわけではなかった。

「保険金とか？」

「親父の生命保険なんて、もうとっくに満期を迎《むか》えてて、今さら死んだって一銭も入らないよ」

「でも、実際に保険金殺人ってあるんでしょう」

珠代の質問に健二はうなずいた。

「実はここだけの話、自宅で死んだ場合、怪しいというのは相当あるよ」

「本当？　そういう場合はどうするの」

「保険会社も独自の調査機関があるから、疑いがある時は払わない。警察と連動して動くこともある」

「でも、きちんと死亡診断書なんかがあったりしたら？　お父さんのケースみたいに」

「生命保険の額が一般常識の範囲だったりしたら、そのまま払ってしまうだろうな」

「じゃあ、もしかしたら、隠れた殺人はあるかもしれないってこと？」

「多分ね」健二は平然と言った。「実際には、相当数あると思う」

「怖い！」

「というのも、検案する医師の絶対数が少ないんだ。さっき言った監察医なんて全国で五都市にしかいない。それも機能しているのは東京と大阪と神戸だけなんだ。だから全国のほとんどの町で、自宅で死んだ場合、知り合いの医者を呼んで死亡診断書を書いてもらうことになる。

外傷のない場合はたいていは心筋梗塞って書かれるよ」

珠代はちらっと一郎を見た。一郎は大袈裟《おおげさ》に手を振った。

「おい、俺は何もしてないって」

「まあ、保険金目当てとかじゃなくても、家にいる年寄りが重い認知症で家族が困り果てて、こっそりと――なんてケースは結構多いんじゃないかな。年寄りはやろうと思えば、わりに簡単に殺せるし」

さすがに健二も声を小さくして言った。「世の中には普通に暮らしているおばさんやおじさんが、実は殺人者だっていうのは、まあある話じゃないかな」

「そんな人は死んだら極楽には行けないわ」

珠代は憤慨《ふんがい》して言った。

「でも家族が不要な老人を殺す一方で、老人が死んでるのに、生きてると偽《いつわ》って、老齢年金を受け取ってる家族もいるんだから、世の中は面白いよな」

「ああ、一時期、かなり騒がれてたな。老人は殺しても金になるし、生かしても金になる時代なんだな」

「ところで、保険会社って、すごく儲《もう》かるんでしょう」

珠代が健二に訊いた。

「儲かるかどうかは、微妙だな」

「訊きたいんだけど、五十歳までに死ぬケースって、多いの？」

「ほとんどないね。五十歳までに死ぬ率は五パーセントもないくらいかな」

「二十人に一人以下なのね」

「じゃあ、どんな人間が死ぬんだ？」

一郎が訊いた。

「保険に入ってない人間だよ」

「冗談言うなよ」

「いや、冗談じゃないんだよ。保険会社も商売だから、保険に入りたいと言っても、断るケースがあるんだ。厄介な持病を持ってる場合はもちろんだけど、殺人とかの前科があるとか、無職とか、禁治産者とか、暴力団員とか、そういうのは保険に加入したいと言っても、こっちが断るケースがあるんだ。で、そういう人たちは生き方が目茶苦茶だったりするから、一般人よりもはるかに高い確率で五十歳までに死ぬんだ」

「なるほど、ちゃんと働いている人間は五十歳まではは滅多に死なないということなのね」

「うん、珠代の同級生でも、実際に死んでるのはあまりいないだろう」

珠代は高校の同級生を思い出した。去年、同窓会でそんな話が出た。たしか二人死んでいた。一人は二十代の時に自殺、もう一人は三十代の時に癌《がん》で亡くなっていた。クラスの四十三人のうちで二人か、五パーセント以下という確率は外れてないなと思った。中学の時の同級生と小学校時代の同級生は、今のところ、亡くなったという話は聞いていない。でも、知らないところで誰かが死んでいるのかもしれない。

ふと、幼稚園の時、幼馴染《おさななじみ》の友だちが亡くなったことを思い出した。その子とは家が近所だったこともあって、毎日のように遊んでいた。目が大きくて愛らしい笑顔は、同性の珠代が見ても、お人形さんみたいに綺麗《きれい》だった。でも小学校入学の直前に、川で溺《おぼ》れて死んだ。あの時は、何日も行方不明になって、町ぐるみで捜索した。かなり経ってから、隣町の下流で水死体となって発見されたと聞いた時は大泣きした。

人はどこで何時《いつ》死ぬかわからないなと珠代は思った。私はたまたまこの年まで生きてこられたが、運が悪ければ、どこかで命を落としていたかもしれない。その確率は五十歳までに五パーセントなのだ。

「それにしても、親父はやもめ暮らしが長かったな」

健二が言った。

「お袋が死んで三十年も独身で過ごしたんだな」

「堅《かた》かったからな」

兄二人が女性関係を言ってるのはわかった。父には母と死に別れてからも、一切浮いた話はなかった。

「親父は女性にはあまり興味がなかったらしい。これは死んだ久雄《ひさお》伯父に聞いた話だけど、若い頃から女性には興味がなくて、もしかしたらホモかもしれないと心配したらしい。三十歳過ぎても全然女っ気がないから、何とか見合いさせて、結婚させたんだ」

「ああ、見合いを二十回もしたんだってな。どの女性も気に食わなかったらしいな」

「二十一回目のお見合いにお袋が来て、やっと気に入ったらしい。お袋は当時、十七歳だったんだ」

「今なら淫行だな。その時、親父はいくつだったんだよ」

「たしか三十五歳だ」

「娘みたいな年じゃねえか」

「女嫌いじゃなくて、ロリータ趣味だったんじゃないか」

珠代は母をぼんやり思い出した。母は年齢以上に若く見えた。珠代が中学生くらいの時も、町を歩いていて、よく姉妹に間違えられたほどだ。おそらく結婚した当初は、本当に幼くて、父とは親子に間違えられたというのは本当だと思った。

「若いのが好みだったから、再婚しなかったのかもしれないな」

「そうかも」

「いや、でも久雄伯父は、親父はああ見えて、本当はむっつり助平《すけべえ》だって言ってたぞ」

一郎の言葉に、健二と珠代も思わず笑った。

むっつり助平かどうかは別にして、父には友人もほとんどいなかった。それどころか父は家族にさえ心を許さない人だった。珠代も子供心に、父にはいつも壁のようなものを感じていた。母には甘えた記憶はいくらでもあるが、父に甘えた覚えはない。

一郎夫婦と同居していたが、義姉の正恵によると、父はずっと自分の部屋に籠《こも》って、食事も部屋に運ばせて、一人で摂《と》っていたという。部屋に入らせることはなく、掃除も自分でしていたそうだ。そう言えば、珠代が子供の頃、父は母にさえも自分の部屋に入らせなかった。子供たちも例外ではなかった。母は「お父様の勉強の邪魔をしてはいけません」と珠代たちに言っていた。

「親父はもしかしたら、死期が近いのを知っていたのかもしれん」

一郎が言った。

「どうして、そう思うの？」

「この半年くらい、いろんなものを捨て出したんだ。毎回、ごみの日に親父が、捨てておいてくれと女房にポリ袋を預けたんだ。そんなこと滅多になかったから、不思議だなあと言ってたんだが」

「何を捨ててたんだ？」

「さあ、何か書類か雑誌みたいなものかな。シュレッダーでばらばらになってたから、わからなかったそうだ。ただ、結構、毎回大量にあったと言ってたな」

「死んでから誰かに見られたら困るものかな」

「実はよからぬ研究をしていたのかな」

「亡くなってから部屋には入った？」

「ああ、研究書類や書き物の類《たぐい》はまだ山のように残ってるよ。ああいうのはそのうち全部、整理しないといけないな」

珠代は何となく寂しい気持ちがした。生前ずっと文学の研究を続けてきた父の仕事もその死と共に全部消え去るのだ。父は学者としては不遇だった。論文や書き物はずっと続けていたが、結局、本は一冊も出版できなかった。この半年、父が書類などをせっせとシュレッダーにかけていたのは、自分で自分の始末をしていたのかもしれない。

「そうだ。親父が捨てようとしていたポリ袋の中に、意外なものが見つかったんだ」

一郎はそう言うと、立ち上がって部屋を出ていった。

まもなく戻ってくると、両手に木製の箱を抱えていた。

「箱根細工じゃないか」健二は言った。「懐《なつ》かしいな」

珠代も思い出した。そう言えば、箱根に行った時、父は子供を泣かせたお詫《わ》びのつもりか、三人の子供に箱根細工を買ってくれたのだった。箱の一部をいろいろと複雑に動かして、パズルのようにして開ける箱根細工に、子供たちは夢中になった。しかし子供たちはとっくに箱根細工を失《な》くしていた。

「これは、たしかお父さんのじゃないの？」

珠代の言葉に、一郎はうなずいた。その時、父は子供たち用とは別に自分のために箱根細工を買ったのだ。それは子供たちのものよりも一際《ひときわ》大きくて立派なものだった。

「ああ、それか。どうしても開けられなかった」

健二が言った。珠代も覚えている。父は子供たちに開けてみろと言ったのだが、三人がいくら頑張ってもどうしても開けられなかった。

「何か入ってるの？」

珠代に訊かれて、一郎が箱を振ると音がした。

「紙でも入っているような音ね」

「遺言状でも入っていたりして。それとも預金通帳かな」健二がそう言って笑った。

「可能性はあるね」

「開けてみようか」

「賛成」

三人は父の箱根細工に挑戦した。しかしいろいろやってみたが、箱根細工は四十年前と同様開けることはできなかった。

「やっぱり開かないよ」

「きっと、これはものすごく複雑に作られているんだなあ」

健二が箱を注意深く眺めていたが、「これ、開かないようになっている」と呟いた。

「ここを見てみろよ」健二は箱の一部を見せた。「木工用のボンドの跡《あと》だ」

「えっ」

「この隙間にボンドを流し込んだ跡がある。親父がボンドでくっつけたんだ。子供の頃は気付かなかった」

珠代は呆《あき》れた。父は絶対に開かない箱根細工を、子供たちに開けてみろと言ったのだ。

「叩《たた》き壊すか?」

「いや、何も壊さなくてもいけると思う。この部分だけ、金槌《かなづち》か何かで叩いて動くようにすれば、多分、いける」

一郎が小型の金槌を持ってきて、健二がそれで箱の一部を叩いた。すると、それまで動かなかった一枚の板が動いた。

「これでいけるはずだ」

健二は何度も試行錯誤しながら、徐々に箱を動かしていった。そしてとうとう最後の蓋《ふた》の部分が動くようになった。三人は感嘆の声を上げた。

「じゃあ、開けるよ」

健二がゆっくりと蓋をずらした。その瞬間、健二が顔をしかめた。続いて箱の中を覗いた一郎も表情を歪《ゆが》めた。珠代も首を伸ばして箱の中を覗くと、そこには局部まで写った裸の女の子の白黒写真が何枚かあった。おぞましさに思わず口を手で覆《おお》った。

「やっぱり親父はロリータ趣味だったのかよ。それも変態の――」健二が呆れたように言った。「箱根細工を糊《のり》で固めるはずだぜ」

それから汚いものでも扱うように箱根細工を畳の上に置いた。

箱に蓋をしようとした珠代は、ふと、写真の子には見覚えがあるような気がした。それで気持ち悪さを堪《こら》えて箱の中を覗きこんだ。眠っているように見える女の子の顔を見た瞬間、記憶が甦《よみがえ》った――昔、川で溺れて死んだ幼馴染だ！　その時、写真の下に何かあるのが見えた。

箱を引っ繰り返すと、写真と一緒に布の塊《かたまり》が落ちた。

健二がそれを拾い上げて、「何だよ、これは」と言った。

「子供のパンツじゃないか」

催眠術

正岡真一《まさおかしんいち》は和室リビングの座卓の前に座り、妻を呼ぶ前にもう一度、手順を頭の中で繰《く》り返した。こういうことは、自然にやらなければいけない。ぎごちなくやったりしたら、それだけで上手《うま》くいかない。

真一は帰りの電車の中でも何度も繰り返した手順を反芻《はんすう》した。よし大丈夫だ、と思い、妻の名を呼んだ。

「おーい、清美《きよみ》」

急に緊張してきた。何でもないことなのに、心臓がばくばくしてくる。来年は三十歳になるというのに、自分の肝《きも》っ玉《たま》の小ささに苦笑した。

キッチンで妻が「なあに?」と返事した。

「こっちに来いよ」

「何て言ったの?」

「こっちに来いって言ったんだよ」

真一は少し偉そうに言った。

「よく聞こえないわ」妻は大きな声で返した。「今、洗い物をしてるんだから」

「洗い物なんか、あとでいいよ。話があるんだ」

「大事な話？」

「いや」と真一は言った。「そうでもない」

「だったら、そっちが来たら」

「じゃあ、あとでいいよ」

真一はため息をついた。結婚二年目でもう妻の尻に敷かれている。清美は四つも年下だというのに対等以下だ。むしろ清美の方が圧倒的に優位に立っている。

清美がすぐには来られないとわかって急に緊張の糸が緩《ゆる》んだ。しかし、かえってそれがいいと思った。こういうことはやる方がリラックスしていないと駄目だ。妻がリビングに来たら、何気なくやるのが一番だ。真一は落ち着こうとテレビをつけてぼんやりと見ていた。

「お待たせ」

妻がキッチンからやってきた。

「用事って何なの？」

真一は、よしっと思った。さあ、やるぞ。しかし内心の昂《たか》ぶりを押し隠しながら、「いや、何でもないよ」とさらりと言った。

「呼んでみただけだよ」

「何それ」清美は言った。「じゃあ、もう少しやることがあるから」

真一は慌《あわ》てて引きとめようとしたが、それより早く清美はリビングから姿を消していた。

次に清美が戻って来たのは三十分後だった。

「結構かかったな」

「キッチン周《まわ》りをきれいにしてたの」

清美はそう言って畳の上に座った。

「清美」と真一が声をかけた。

「何？」

「お前、催眠術に興味あるか？」

真一は言いながら、しまったと思った。これは単刀直入《たんとうちょくにゅう》すぎた。もっとさりげなくもって
いくつもりだったのに、全部の手順を飛ばしてしまった。

「催眠術？」清美は訊き返した。「興味ないよ」

「ああ、そうか」

「それがどうしたの？」

「いや、今日、会社で催眠術の話をしていてね――」

「あ、待って」清美はそう言って立ち上がった。「お風呂にお湯入れてくるね」


清美が去ったリビングで、真一は小さなため息をついた。いつもこの調子だ。家の中でイニシアチブを取れたことがない。今夜は清美に催眠術をかけてやろうと思っていたのだが、その話をするところまでももっていけない。

催眠術は同僚の萩原《はぎわら》に教えてもらったのだ。萩原は催眠術の本を買って妻に試したところ、

きれいにかかったと言った。

「催眠術ってインチキじゃないのか？」

「俺も最初はそう思ってた。よくテレビなんかでタレントがかけられているけど、嘘《うそ》くさいもんな。ところが、本当にできるんだよ」

「へえ。それで奥さんはかかったのか」

「ああ、見事にな」萩原はにやっと笑った。「ただし予備催眠というのにたっぷり時間をかける必要があるけどな。それと互いの信頼関係が重要なんだ。そういうのをラポールって言うらしいんだが、まずラポールを作ることが大切なんだ」

「ふーん、で、奥さんは催眠術にかかってどうなったの？」

「もう思いのままよ。命令すると何でも言うことを聞くんだ」

「本当かよ」

「ああ、見せてやりたかったぞ」萩原は思い出したのか声を出して笑った。「ブタになれって言ったら、本当にブタになったんだぜ。鳴いてみろって言ったら、ブーブーだって」

萩原の妻はかなり太っていた。それが「ブーブー」と鳴くのは相当シュールな光景だなと思った。

「かかってる本人には意識がないのか？」

「それが、どうやらあるみたいなんだ。いろんなことを命令すると、その通りにやるんだけど、顔は怒ってるんだよ」

「どういうことだ？　本人はやりたくないって思ってるってことか？」

「どうもそうらしい。俺の命令にむかっ腹が立っているんだけど、なぜか体は動いてしまうから、余計に頭にくるみたいなんだ。あとで女房に訊いたら、そう言ってた」

真一は不思議な気がした。自分の意志通りに、自由に行動できないなんて、そんなことがあるのだろうか。

「俺の言うことはすべて聞け、というふうに催眠術をかけると、本人は拒否できないらしいんだ。ただ、普段でも絶対にできないことは駄目らしい。だからどれだけ催眠術にかかっていても、マンションから飛び降りろとか言っても、それはしないらしい」

「なるほど。ブタの物真似くらいはするんだな」

「で、いろいろやらせて、最後は服を脱げって言ったら、裸になったよ」

「おいおい」

真一は萩原の悪趣味に呆《あき》れた。

「けど、それって、悪用できるんじゃないか」

「俺もそう思ったけど、無理だな」

「なぜ？」

「魔法じゃないから、エイッて一瞬でかけることはできないんだ。さっきも言ったように、予備催眠というのを三十分から一時間くらいかけてじっくりやらないと無理なんだな。つまりそういう信頼関係が大前提ということだ」

「ラポールってやつか。つまり飲み屋で女の子を催眠術にかけるなんてことは無理というわけだな」

「そういうこと」

真一はそれでも催眠術というものに強く興味を持った。自分も萩原のように妻に一度催眠術をかけてみたいと真剣に思ったのだ。

「俺もトライしてみるかな」

真一の言葉に萩原はにやっと笑った。

「多分、そう言うんじゃないかと思って、催眠術の本を持って来てやったよ」

真一は帰りの電車の中で、その本を繰り返し読んだ。

それによると、やはり萩原が言っていたように予備催眠というのが非常に重要だということがわかった。催眠術をかけるのは、かける側とかけられる側に厚い信頼関係がなければ困難だと書かれてあった。「ラポール」という信頼関係を築いてから、時間をかけて予備催眠をかけなければならないらしい。


真一は座卓にもたれたまま、家の中をせわしなく動き回っている妻を見ながら、清美相手にゆっくりと時間をかけて予備催眠なんかをかけるのは不可能かもしれないと思った。催眠術をかけたいなんて頼んだら、清美はただちに拒否するのは目に見えていた。本にはラポールなしに瞬間催眠にかけることも可能だと書いてはあったが、それはかなりの達人か、よほど条件が整わない限り難しいと書いてあった。

所詮、清美に催眠術をかけることなど無理だったのだ。

突然、肩を叩《たた》かれて真一は目が覚めた。いつのまにか座椅子《ざいす》で眠っていたらしい。

「疲れてるんなら布団《ふとん》で寝たら？」

「あ、いや、大丈夫」真一は上体を起こした。「コーヒーが飲みたいな」

「そう言うだろうと思って淹《い》れてきたわ」

清美はコーヒーカップを座卓に置いた。

「ありがとう」

「ところで、さっき何か言ってたわね。催眠術がどうこうって」

「いや、何でもない」

「私に催眠術をかけてくれるの？」

清美は悪戯《いたずら》っぽく笑いながら言った。

「いや、今日、萩原が催眠術を嫁さんにかけたって話をしてたから」

「あら、面白そうね。私、催眠術なんてかけてもらったことがないから、興味あるわ。やり方、聞いてきた？」

「ああ、少しだけね。でも、別にそこまでやりたいと思って聞いてなかったから――」

「とにかく、やってみてよ」

清美はそう言うと、真一の前に正座した。

真一は予想もしていなかった展開に、喜ぶというよりもむしろ戸惑った。それで慌てて、ポケットの中から糸が付いた五円玉を取り出した。

「何、それ」と清美が笑った。「やる気まんまんだったんじゃない」

真一は少し照れながら、清美に糸の端を持って五円玉を吊《つ》り上《あ》げるように言った。清美は笑いながらも言われるとおりにした。

「じゃあ、じっと五円玉を見つめて」真一は言った。「そうすると、不思議なことに、ゆっくり揺れてくる」

「当たり前じゃない」清美は言った。「こんなの、じっと止めておく方が難しいわ」

「あ、そうか」

真一は焦《あせ》ってしまった。

「じゃあ、今度は右手の人差指と左手の人差指の先を、ゆっくりと合わせてみて」

清美は五円玉を座卓に置くと、真一の言葉のとおりにした。

「きちんとくっついたね。すると、もう指は離れない」

すると清美はうなずいた。真一はびっくりした。

「本当に離れないの？」

「まさか」

清美はそう言ってあっさりと指を離した。「くっつくわけがないじゃない」

落胆する真一の顔を見て、清美がおかしそうに笑った。

「もう少し勉強してきてね、坊や」

「坊や」というのは真一の営業部時代のあだ名だった。丸顔で童顔の真一は新人時代に上司にそう名付けられ、以来、職場の先輩たち全員にそう呼ばれてきた。

短大卒の清美は会社では二年後輩だったが、物おじしない彼女は四つも年上の真一を「坊や」と呼んだ。でも、なぜか真一は不快ではなかった。清美が可愛かったからだ。

しかし清美と恋人になれるとは思っていなかった。清美はなかなかの美人で、男性社員の誰とでも気さくに話をしたので、人気があった。また、実際いろんな人としょっちゅうデートをしていた。男性社員の中にははっきりと清美をターゲットにすると宣言している男もいた。

真一は最初からこのレースへの参加を諦《あきら》めていた。背も高くルックスも悪くはなかったが、自分から積極的に女性にアプローチする方ではなかった。だから二人が結婚するとなった時は、営業部どころか他の部署でも大きな話題になったほどだった。

真一は時々、なぜ清美は自分を選んだのだろうと思った。最初のデートの誘いも清美からだった。残業で遅くなった時、食事に行きませんかと声をかけられたのだ。真一は浮かれるというよりも、なぜ自分なんか誘ったのだろうと不思議に思った。

デートのあと、清美とメールアドレスを交換し、メールをやり取りした。真一は急速に清美に惹《ひ》かれていったが、からかわれているんじゃないだろうかという疑念はずっと消えなかった。その思いは周囲に内緒で付き合い始めて三カ月目に、清美と肉体関係を持ったあとでも消えなかった。そもそもそれさえ清美から誘ったのだ。

婚約した時、一度だけ、なぜ自分と付き合ったのかと訊いた。清美は「大人しくて誠実そうに見えたから」と答えた。しかしそれって褒《ほ》められていないな、と思ったのを覚えている。結婚して二年経ち、今では完全に尻に敷かれている自分を自覚していた。

今、目の前に座っている清美は、次は何を言われるのか興味津々《しんしん》の様子で真一を見つめていた。

真一は困ってしまって、座卓の五円玉を手に取って空中に放り投げた。清美がそれを目で追った。落ちてきた五円玉を真一が右手に持っていたスプーンの柄《え》で突くと、何と五円玉の穴に細い柄がきれいに入った。五円玉は回転しながらスプーンの柄を通って真一の手の中におさまった。

驚いて妻を見た真一は、彼女の表情を見てはっとした。清美の目がどこか焦点が定まらない感じに見えたからだ。

「清美」と真一は妻の名を呼んだ。

清美は、はいと答えたが、その声はいつものはきはきした感じではなかった。もう一度妻の名前を呼んだ。清美はまた、はいと答えたが、その反応は明らかに鈍《にぶ》かった。

真一は、もしかしたら清美は瞬間催眠にかかったのではないかと思った。萩原から借りた本にも、ラポールの状態を経ないでも瞬間催眠は可能だと書いてあった。心の虚を衝《つ》くようなタイミングで催眠術を施《ほどこ》せば、人は時に瞬間的に催眠状態に陥《おちい》ることがあると――。

放り投げた五円玉の穴にスプーンの柄が刺さったことが、清美の心の虚を衝いたのかもしれなかった。あるいはそれまでの行為が予備催眠となっていたのかもしれない。もしそうなら、このチャンスを逃してはならないと思った。

真一はポケットから百円ライターを取り出し、火を点けた。

「この火を見つめてごらん」

清美はうなずいて、ライターの炎を見つめた。

「炎が揺れてるように、体が揺れてくる」

清美は炎を見つめながら体がゆっくりと揺れ始めた。真一はにわかに緊張してきた。

「目を閉じたいけど、閉じることができない」

清美は眼を閉じようと何度か目を細めたが、瞼《まぶた》は閉じなかった。

「しかし、ぼくが三つ数えると目は閉じる。一、二、三！」

その瞬間、清美は眼を閉じた。

「もう何も聞こえない。ぼくの言葉しか聞こえない」

清美はうなずいた。

「体が重くなってしかたがない。ほら、どんどん重くなって、支えきれなくなる」

正座している清美の体がぐらぐらしてきた。清美はやがて上体を座卓に突っ伏した。真一の緊張はどんどん高まった。清美は完全に催眠術にかかっている――。

「今度はどんどん体が軽くなる」

真一がそう言うと、清美はゆっくりと腰を上げた。

「ほら、どんどん軽くなる。ますます軽くなる」

清美は眼を閉じたまま、操《あやつ》り人形が立ち上がるようにゆっくり立ち上がった。

真一は萩原が妻をブタにしたと言っていたのを思い出した。

「清美は鳥になったよ」

その瞬間、清美は両手でゆっくりと羽ばたき始めた。

真一は笑うことも忘れて呆然《ぼうぜん》とその様を見ていた。催眠術とはこれほどまでにすごいものだったのか。

「座りなさい」

清美は羽ばたくのをやめて再び畳の上に正座した。

「服を、脱ぎなさい」

目を閉じた清美の表情が曇った。その命令は明らかに嫌がっているのがわかった。しかし不快そうな表情のまま、指はゆっくりとブラウスのボタンを外していった。真一はそれを不思議な気持ちで見ていた。やがて清美はブラウスを脱ぎ、上半身は下着姿になった。

ふと、真一の胸に妖《あや》しい感情が湧いた。

「清美」

「――はい」

「一番愛しているものの名前を言いなさい」

清美は答えなかった。真一は一瞬どきっとしたが、質問の仕方が悪かったかと思った。

「清美が一番愛している男性の名前を言いなさい」

「正岡――真一、です」

真一は思わず妻を抱き締めたくなった。

その時、真一の胸に黒い何かが生じた。それは妖しい誘惑だった。真一はすぐに打ち消そうとした。しかし、一旦生じた誘惑に抗《あらが》うことはできなかった。

「今まで何人の男と体験したか告白しなさい」

言いながら、今、自分は訊いてはいけないことを訊いていると思った。清美の表情に逡《しゅん》巡《じゅん》の色が見えた。

答えなくてもいい、と言いかけた時、清美が小さな声で何か呟《つぶや》いた。

「何と言った?」

「二十人」

清美は、今度ははっきりと答えた。

真一は一瞬言葉を失った。清美ほどの美人なら過去に男性体験がないはずはない。それはわかっていたが、まさか二十人もの男と肉体関係があったとは――。自分は開けてはならないパンドラの箱を開けてしまったと思った。動悸《どうき》が激しくなり、全身に気持ち悪い汗が流れた。

しかし、そのことで妻を責めることはできない。過去にどのような男性遍歴があろうが、すべて過去のことだ。そもそもこんなことを訊くべきではなかったのだ。まして催眠術にかかり、命じたことを拒否することができない妻に質問するなど、いくら夫婦でもルール違反もいいところだ。

もうこれ以上聞いては駄目だ、真一の理性がそう叫んでいた。今すぐこの恐ろしいゲームをやめるんだ！　しかし心に潜《ひそ》むもう一人の男は、真一に悪魔の囁《ささや》きをした。真一はその声に逆らえなかった。

「一番最近、男に抱かれたのはいつだ？」

真一は掠《かす》れた声で訊いた。

「――三日前」

清美の答えを耳にした真一は愕然《がくぜん》とした。清美とは一週間以上セックスしていない。数分前まで絵に描いたような幸福だった世界が、今、音を立てて壊れていく――。

「その相手は――」そう言う真一の歯はかちかちと鳴った。「誰？」

清美は言いかけたが、口を閉じた。

「誰だ。言え！」

真一は強い口調で言った。

「足立良和《あだちよしかず》さま」

真一は目の前が真っ暗になった。足立良和は営業部の部長で直属の上司だった。二年前、清美との結婚の際に仲人《なこうど》をしてくれた人だ。そうか、そうだったのか――。

真一の目から涙がぼろぼろとこぼれ落ちた。その時、閉じられていた清美の目が開いた。

清美は大笑いしながら、「バーカ」と言った。

「坊やの催眠術なんかにかかるわけないじゃん」

幸福な生活

「もうすぐね、お父さん」

妻の孝子《たかこ》が落ち着かない声で言った。さっきからキッチンでそわそわしている。

「まだ早いよ」私は腕時計を見ながら答えた。「三時まであと二十分もある」

そういう私もさっきから喉《のど》が渇いてもいないのにお茶を二杯も飲んでいる。

「でも、約束の時間より早く来るんじゃない？」

妻は既に一時間も前からすっかり準備を整えている。

ふだんは私の書斎代りになっている応接室は、二日前の金曜日からきれいに掃除されていた。あらたまった客を迎えるなど何年ぶりだろう。

今日は、娘の蓉子《ようこ》が恋人を初めて我が家に連れてくる日だった。

結婚を前提に交際している男性がいると蓉子から伝えられたのは一カ月前のことだ。驚いたことは驚いたが、うすうすは予期していたことでもあった。

蓉子がこの一年、にわかに女らしく美しくなってきたのは鈍感な私でも気付いていた。下世話な言い方をすれば色気が出てきた。大学時代はずっとワンダーフォーゲル部で化粧などしなかった娘が、毎朝、出勤前に念入りにメイクする姿を見るのは、父としてどこか気恥ずかしいものがあった。おそらく恋人ができたのだろうと思っていたが、まさか二十四歳の若さで、結婚を言い出すとは思ってもいなかった。

「蓉子の携帯に電話してみようか」

妻が言った。

「やめなさい。もうすぐ来るんだから」

蓉子は恋人を迎えに行くために二時間も前に家を出ている。

「それもそうね」

「でも、どうして蓉子は家で一緒に待っていないんだ？」

妻は何を言い出すのかという顔で私を見た。

「彼と打ち合わせをしてるんじゃない」

「何のだ？」

「あなたの気持ちを摑《つか》むにはどうすればいいか、でしょ。それに、やっぱり大好きな彼だから、まずは二人きりの時間が欲しいんじゃない」

「蓉子が選んだ男なら、きちんとした人物に違いない。ぼくは反対しないよ」

妻は少しほっとしたような顔をした。

妻は何カ月も前に、娘から恋人のことを聞いていたらしい。

彼は会社の先輩で、蓉子より五歳年上、将来を嘱望《しよくぼう》されているということだった。息子の克幸《かつゆき》も彼の話は姉から聞かされていた。つまりは私だけが知らされなかったわけだが、別に腹は立たなかった。むしろ娘が母親を信頼してすべて話していること、弟にも心を許しているということが嬉しかった。こういう話の時には、父親はとかくけむたいものだ。それくらいは理解しているつもりだ。

「蓉子の不安もわかるわ」

と妻は言った。

「なんで?」

「父親というものは、娘の結婚相手には、不満を覚えるものよ。それが、どんなにいい男性でもね」

「お義父《とう》さんもそうだったのか?」

「今だから言うけど」と妻はおかしそうに笑った。「結婚式の前日まで、ずっとあなたのこと悪く言ってたのよ」

「初めて聞いたよ」

「私もこんなこと言ったの初めてだもの」

「お義父さんは、ぼくにはまったくそんな素振《そぶ》りを見せなかったな」

「私のことを考えてくれてたのね。それに、結婚してからは、あなたの悪口も言わなくなったわ」

「なるほど」と私はうなずいた。「ぼくもお義父さんを見習おう」

「頑張ってね」

妻はにこやかな顔で言った。

「それにしても、この前まで子供だと思っていたのが、もう結婚だなんて――」私は妻に言うともなく呟《つぶや》いた。「まさか、こんな日が来るとはなあ」

苦笑しながら、昔、この日が来ることを想像したのを思い出した。

あれは、蓉子が幼稚園の運動会の日のことだった。ダンスで男の子と手をつないで踊る蓉子はすごく楽しそうだった。昼休みにビニールシートに座って家族とお弁当を食べている時、蓉子は「まさきくんのこと大好き」と嬉しそうに話していた。そのかわいい笑顔を見ている時、ふと、いつか大人になった娘が、嬉しそうな顔をして恋人を紹介する日が来るかもしれないと思ったのだ。

私がその想い出を語ると、妻は呆れたような顔をした。

「幼稚園の運動会の時にそんなことを考えるなんて、あなたって相当に変わってるわね」

「そうかな。男親ってそういうもんじゃないかな」

「だったら、今日は感慨深いんじゃない？」

私は曖昧《あいまい》にうなずいたが、妻の言う通りだった。あの時、卵焼きを嬉しそうに食べていた幼い娘は二十年経って輝くような魅力のある女性になった。そして今日、一生を共にしたいという男性を連れてくる。これで感慨深くないと言えば嘘《うそ》になる。

「私たちも年を取るはずよねえ」

妻はしみじみとした口調で言った。

「何を言い出すんだい」

「私たち、結婚して何年か覚えてる？」

「二十六年だろう」

「いろいろあったわね」

私は、そうだなと言いながら、結婚生活を振り返った。妻とは仲良くやってきたと思う。平凡ながら、波風の立たない暮らしだった。

「あなたのサラリーマン生活はどうだった？」

妻は話題を私の仕事にふってきた。

「そうだなあ」と私は言った。「あんまり出世はしなかったが、まあ、こんなものかな」

妻は微笑《ほほえ》んだ。

「もともと若い頃から出世欲はなかった。自分の力は知っているし。でも、せめて普通に課長になって、それで定年近くに小さな支店の支店長になれれば十分だと思っていた」

それは本心だった。信用金庫に入った時、同期の優秀な連中を見て、こんな奴らとはとても張り合ってはいけないと思った。その時から出世のことなんか考えずに、そこそこにやっていければいいいと考えた。

「ちゃんとその通りになったじゃない」

「うん、でも役員へのコースからは早い時期に外れてしまった」

「でも、子会社に出向になった方が大勢いらっしゃるんだから、それを考えたら、きちんと本社に残っているのはすごいことよ」

「そんなものかな？」

妻に言われればそんな気もしてきた。

過去を振り返っても、たいした成績は残していない。優秀なサラリーマンだったと自負するつもりはない。ただ、大きな失敗だけはしなかった。

若い頃にすごい業績を上げた者でも、後に大きな損失を出して、出世コースから外れた者は何人もいた。それが金融業界というところだ。

「でも、三十年近くも働いてきたから、いろいろあったんじゃないの」

いろいろあったように思うが、逆に何もない人生とも思えた。サラリーマンの人生って、そういう意味では平凡の極みだ。しかしそのことを不満に思ったり寂しく思ったりすることはない。むしろ大きなアクシデントにも見舞われずに、この年までやってこられたことに感謝する気持ちの方が強かった。

「思えば、本当に順風満帆《まんぱん》にここまで来たなあ」

「そうね。誰も大きな病気にもならなかったし」

妻の言うように家族の健康が何よりだ。幸いなことに田舎《いなか》の両親も元気だ。

「二人の子供たちも素直に育ってくれた。克幸も志望大学にすんなり入ってくれたし、子供たちには、言うことなしだよ」

「子供たちには、という言い方は、私には少しご不満があるのかしら？」

「とんでもない！」

私は笑いながら言った。

「ママには誰よりも感謝している。もう、本当に理想的な妻だよ」

「あら、そうなの」

「良妻賢母という言葉がこれほどぴったりする女性はいない」

私の言葉に妻は少し微妙な表情をした。

「本当言うと、私は仕事を辞めたくなかったんだけど――」

それはわかっていた。結婚前から商社に勤めていた妻はずっと仕事を続けていきたいと言っていた。妻が仕事を辞めた原因を作ったのは、ほかならぬ私だ。このことだけは妻にすまないという気持ちがある。

二十年前、私の運転ミスで交通事故を起こし、助手席に乗っていた妻が足を骨折した。この入院とリハビリで長期休暇を取らざるを得なかった妻は、結局、会社を辞めた。

「あれはぼくのせいだったね。悪かった」

「いいのよ。今にして思えば、かえってそれがよかったわ。仕事を辞めて家にいて、あなたを見守りながら子供たちを育てるって、すごく素敵なことだった」

「そう言ってくれて嬉しい」私は言った。「実はずっと負い目に感じていたんだ。ママは本当はずっと働いていたかったのに」

「実は私は専業主婦が一番似合う女だったのよ」

おそらくその言葉は嘘だ。私は妻の優しい言葉に、心の中で、ありがとうと言った。

時計を見ると、三時を五分以上過ぎてきた。

「遅いな」

私が言うと、妻はどこかで道草でも食ってるんでしょう、と明るい声で言った。さっきまでそわそわしていたのに、今ではのんびりかまえている。逆に私の方が落ち着かなくなってきた。

「時々、ふっと思う時があるんだ」

私は気を紛《まぎ》らわせるつもりで言った。

「何なの？」と妻が訊いた。

「人生は願った方にいくのかな、と」

「それはそうよ。人は願った方に進むものでしょう。野球選手になりたい子がサッカー選手にはならないでしょう」

「いや、ぼくが言うのはそういうことじゃないよ」私は苦笑した。「ぼく自身の人生を振り返って、何となく自分が若い頃に漠然《ばくぜん》と思い描いていたレールをそのまま歩いて来たなあと思ってね」

「どういうこと？」

「たとえば、ぼくは出世しなかっただろう。それはぼくが望まなかったからなんだ。若い時にそこそこでいいと思ったんだ。で、そうなった」

「子供たちは？」

「ぼくが思った通りに育った」

「私が仕事を辞めたのも？」

「そう」

妻はおかしそうに笑った。

「じゃあ、あなたは最高に幸せな人ね。何もかも思い通りになったのだから」

「そうかもしれない」

「ほかにもあなたが若い頃に望んだものはないの？」

「あるよ。この家のオーディオルーム」

「そう言えば、あなたは若い頃に言ってたものね。五十歳を超えたらオーディオルームを持つのが夢だって――」

「まさか、こんなワガママをママが聞いてくれるとは思わなかった」

「だって一所懸命に働いてくれたんですもの、少しくらい高くっても、それくらいの贅沢《ぜいたく》はさせてあげたいと思ったわ」

私は妻が愛《いと》おしくなって抱き締めようとしたが、妻は笑いながら私の腕から逃れた。

「これまでの人生で何かトラブルはなかったの？」

「これといってなかったなあ。強《し》いて言えば、克幸の反抗期かな。一時期ぐれただろう。非行に走りかけた」

「そう言えば、それもあなた幼稚園の運動会の時にちらっと言ってたわね」

「そんな話、したか？」

「お昼ごはん食べてたら、不良っぽい中学生が少し離れたところにいるのを見て、克幸もあんな子になったりするのかなあと、心配そうにぽつりと呟《つぶや》いたわ」

言われて思い出した。その子は近所の子で、小学生時代はおとなしいいい子だったのに、中学生になった途端に不良みたいになった。ある日、突然、髪の毛を金髪に染めていたのでよく覚えている。

「でも、克幸の場合、仮に一時期そういうことがあっても、すぐに立ち直るとぼくは言ったんじゃなかったかな。そしてちゃんとその通りになった」

「そうね。心配したのもちょっとだけでしたね。なんか、私たちの人生って幸せね」

「ああ、幸福な生活って、こういうことを言うんだろうね」

私はそう言いながら、不意にある出来事を思い出していた。それは十年前に部下のＯＬと浮気したことだ。

今、思い返しても、あの恋は、私の平凡な人生に咲いた唯一の華《はな》やかな出来事だった。めぐみが入社して、私の部下になった時、心がときめいた。それほど彼女は美しかった。こんな綺麗《きれい》な娘と不倫の恋をしてみたいと、珍しくよこしまな思いを抱いたのをはっきりと覚えている。

しかし思うだけで私にそんな行動を起こすような度胸はない。仮にあったとしても、彼女の心を摑むことなんてできるとは思えなかった。私は冴《さ》えない係長で、見た目もぱっとしない四十男だ。豪勢なデートができるほどの金もない。めぐみとの不倫の恋など、所詮は夢のまた夢の話だ。

ところが、信じられないことが起きた。

その年の忘年会の帰り、二次会を終えて、皆と別れて駅に向かっている時、めぐみがあとを追ってきた。

「山田《やまだ》さん、一緒に帰りましょう」

めぐみはそう言うと、私の横に並んだ。

「めぐみちゃんが帰ると、若い奴らが皆がっかりするよ」

「いいの。もう十分付き合ったから」

めぐみと並んで歩いているだけで、年甲斐《としがい》もなく胸がときめいてくるのを感じた。

通りを曲がって駅が見えた時、めぐみが突然言った。

「山田さん、二人で飲みません？」

一瞬、彼女が何を言ったのかわからなかった。少し遅れて、彼女の言葉を頭の中で反芻《はんすう》した時も、「山田さんとは飲みません」と言われたかと思ったくらいだった。

「え、今、何て言ったの？」

私は情けないことに訊き直した。典型的なダメ男だ。

しかしめぐみは私の顔を見てにっこり笑うと、

「私と飲むのは嫌ですか？」

と訊いた。

この時、私は足を止めたという。私にはその記憶はないが、めぐみが言っていたからそうなのだろう。

二次会で別れた連中とは顔を合わせないように、駅から少し離れたバーに行った。

めぐみはカクテルを、私はウイスキーを注文した。めぐみはグラスを軽くぶつけて、「乾杯」と言った。何に乾杯かはわからなかった。

めぐみはカクテルを一口飲むと、私の目を見ながら、「あたし、入社してから、ずっと係長に憧れてきたんです」と言った。

「おじさんをからかうもんじゃないよ」

精一杯余裕を見せようと、笑ってそう言ったが、実は膝から下が震えていた。信じられない展開に、思考がついていかなかったのだ。でも一方で、奇妙な既視感があった。この光景、どこかで見たことがある。どこだったか――。

思い出した。これは私自身が何度も頭の中で夢見てきた光景だ。夜、布団《ふとん》に入りながら、めぐみのことを想って、こんなシチュエーションを想像していたのだ。

「私みたいな冴えない係長なんかよりも、課内にはもっといい男たちがいるじゃないか」

私がそう言うとめぐみは首を横に振った。そしてうるんだ目で私をじっと見つめながら言った。

「若い人なんて何の興味もないです。山田さんには本当の男の魅力があります」

私はテーブルの上に置かれていためぐみの手を握った。めぐみはその手を強く握り返してきた。

その夜、めぐみと結ばれた。驚いたことに、彼女は処女だった。

「好きな人に処女を捧《ささ》げることができて嬉しかった」

すべてが終わった後、めぐみは私の胸に顔をうずめてそう言った。

そのセリフを聞きながら、人生にはこんなことが起きるのかという不思議な思いでいっぱいだった。

めぐみとはその後、不倫のどろどろとした関係にはならなかった。なぜなら彼女は一カ月後、寿《ことぶき》退社したからだ。結婚相手は親の勧《すす》めで見合いした資産家の息子ということだった。

あの夜、結婚を直前に控えためぐみは、自分の夢を叶《かな》えるために、生涯に一度の勇気を振り絞ったのだ。

このことは誰も知らない。もちろん妻にも言っていない。

娘の婚約者を待ちながら、そんな甘い想い出に耽《ふけ》っている時、ふと、めぐみの顔には見覚えがあることに気が付いた。彼女の顔はどこかで見ている。だから初めて会った時も妙に親しみを覚えたんだ。どこだったのか――。そうだ、娘が通っていた幼稚園の先生にそっくりだった!

間違いない。幼稚園のグラウンドで、白い体操服を着て、きびきびと動く溌剌《はつらつ》とした彼女にしばし見とれていたことがあった。だから、めぐみが入社してきたのを見た時、心がときめいたのだ。

その時、玄関のチャイムが鳴った。

＊　＊　＊

「三三六号室の患者はもう長いんですか？」

病院の食堂で、若い片山《かたやま》医師が先輩の渡辺《わたなべ》医師に訊《たず》ねた。

「ああ、山田さんか」

渡辺はラーメンを食べながら言った。

「もう二十年くらいじゃないかな。俺がここに来た時には、既に十年くらいいたからなあ」

「そんなに！」

「年老いた両親が奇跡を願って、ずっと入院費を払い続けてるんだよ」

片山は黙ってうなずいた。

「でも二十年って、すごいですね」

「珍しいケースではあるけど、前例はいくらでもある」

「原因は何だったんですか？」

「交通事故だよ。なんでも娘さんの幼稚園の運動会の帰りに事故に遭って、一家四人のうち三人が即死。運転していた御主人だけが助かった」

「それ以来、ずっと植物状態なんですね」

この作品は「新刊ニュース」（株式会社トーハン発行）平成二十一年十二月号より二十三年五月号まで連載されたものに加筆修正したものです。

切りとり線

あなたにお願い

この本をお読みになって、どんな感想をお持ちでしょうか。次ページの「100字書評」を編集部までいただけたらありがたく存じます。個人名を識別できない形で処理したうえで、今後の企画の参考にさせていただくほか、作者に提供することがあります。

あなたの「100字書評」は新聞・雑誌などを通じて紹介させていただくことがあります。採用の場合は、特製図書カードを差し上げます。

次ページの原稿用紙（コピーしたものでもかまいません）に書評をお書きのうえ、このページを切り取り、左記へお送りください。祥伝社ホームページからも、書き込めます。

〒一〇一―八七〇一　東京都千代田区神田神保町三―三
祥伝社　文芸出版部　文芸編集　編集長　保坂智宏
電話〇三（三二六五）二〇八〇　http://www.shodensha.co.jp/bookreview/

◎本書の購買動機（新聞、雑誌名を記入するか、○をつけてください）

＿＿＿新聞・誌の広告を見て	＿＿＿新聞・誌の書評を見て	好きな作家だから	カバーに惹かれて	タイトルに惹かれて	知人のすすめで

◎最近、印象に残った作品や作家をお書きください

◎その他この本についてご意見がありましたらお書きください

100字書評

幸福な生活

住所					
なまえ					
年齢					
職業					

百田尚樹（ひゃくた　なおき）

1956年、大阪生まれ。同志社大学中退。放送作家として人気番組「探偵！ナイトスクープ」など多数を構成。2006年、特攻隊の零戦乗りを主人公とした『永遠の０』で作家デビュー。08年、高校ボクシングの世界を描いた『ボックス！』で数多くの読者を獲得する。１作ごとにまったく異なるジャンルの作品を発表、読者の意表を衝く著者のストーリーテラーぶりは他の追随を許さない。著書に『風の中のマリア』『モンスター』『影法師』『錨を上げよ』など。

幸福《こうふく》な生活《せいかつ》

平成二十三年六月　十　日　初版第一刷発行
平成二十五年六月十五日　第十一刷発行

著者　百田尚樹《ひゃくたなおき》
発行者　竹内和芳
発行所　祥伝社《しょうでんしゃ》
〒一〇一－八七〇一
東京都千代田区神田神保町三－三
電話　〇三－三二六五－二〇八一（販売）
〇三－三二六五－一〇八〇（編集）
〇三－三二六五－三六二二（業務）

印刷　堀内印刷
製本　積信堂

ISBN978-4-396-63366-0 C0093
祥伝社のホームページ　http://www.shodensha.co.jp/